刀語（カタナガタリ）

第五話 賊刀・鎧

西尾維新

BOOK & BOX ORIGINAL DESIGN by VEIA

刀語（カタナガタリ）

第五話 賊刀・鎧

序章
一章——鎧海賊團
二章——校倉必
三章——真庭鳳凰
四章——柳綠花紅
終章

插畫：竹
書法：平田弘史

序章

■

■

尾張城附郭一角，有個被樹林圍起的將門府邸，而那府邸中有個無所事事、悄然佇立的女子。夜已深沉，她卻既未點燈，亦未鋪被，只是獨自杵在房中，彷彿在候著什麼人似的。

事實上，那女子確是在等人。

片刻後，天花板上傳來了一道聲音。

「——大人。」

只聞人聲，不見人影。

聽了這道從正上方傳來的聲音，女子只是微微挑眉，直立的身子文風不動，也不抬頭觀望；她的視線宛若穿透拉上的紙門，注視著另一端；卻又宛如什麼也沒在看。

又或她注視的是自己的心。

她的眼神便是如此無欲無情。

「你來晚了。」

這即是女子開口說的第一句話。

「要我等到幾時？蠢材！」

「請大人恕罪。小的為了避人耳目，才折騰了這麼久——」

「我不想聽藉口，聽了也難消我的怒氣。若要扳回顏面就好好表現！你只須照實回報即可——那個惹人厭的婆娘怎麼了？」

那個惹人厭的婆娘。

女子說起這話時，語氣顯得分外激動、忿忿不平；不過激動的只有語氣，她的表情、視線與態度俱未有分毫變化。

「是。」

天花板上傳來回應聲。

「奇策士目前正朝九州的薩摩前進，差不多該到了。」

「薩摩？照這麼看來，她的目標是賊刀『鎧』了。哼，她可真懂得打鐵趁熱的道理啊！」

「四季崎記紀打造的十二把完成形變體刀，連舊將軍都未能得手，她居然已成功蒐集了四把，也難怪她要乘勝追擊。」

絕刀「鉋」。

斬刀「鈍」。

千刀「鎩」。

薄刀「針」。

四季崎記紀的十二把完成形變體刀——

「打敗日本第一高手錆白兵，奪得薄刀『針』，更是令他們氣勢如虹。他們奪得千刀之後原欲班師回朝，不想意外碰上了錆白兵，便改變計畫，直接往薩摩去了。』

「錆白兵啊？」

此時女子總算露出了笑容。

「真是蠢得可以。不過是贏了我拱出來的日本第一高手，就得意忘形了。那婆娘便是這副德行。」

「話是這麼說，可不能小覷他們啊！」

天花板上的聲音說道。

「那個奇策士自是不消說，還有她現在帶著的劍客——」

「哦，虛刀流第七代掌門人？」

女子搜索記憶。

「不使刀劍的劍客……是吧？」

「那男子名曰鑢七花，武功相當高強，只不過長年生活於無人島上，實戰經驗略微不足——」

「這些事從前你已經稟報過了，無須再提。不過，實際上呢？你所見到的虛刀流掌門與錆一戰，又是如何？」

「是場激戰，不過自始自終都是錆白兵占得上風，鑢七花一路挨打；最後鑢七花能得勝，實屬僥倖。」

「我想也是。畢竟錆白兵可是我選出來的第一高手。」

「不過——」

天花板上的聲音說道。

「鑢七花與錆白兵正面交鋒，居然毫髮無傷。」

「……………」

「不光是與錆的這一戰，鑢七花在集刀之旅中，從未中過敵手的一招半式。」

「連道擦傷也沒有？」

「連道擦傷也沒有。」

女子被挑起了興趣，天花板上的聲音亦肯定了她的反應。

「宇練銀閣的拔刀術和敦賀迷彩的千刀都未能傷及他半根汗毛。虛刀流便是一把經過千錘百鍊的刀，不過這個門派的特出之處卻不在於進攻，而在於防禦；而久戰之下，防禦的重要性顯然大過進攻——」

「所以正適合替那個婆娘集刀，是麼？」

女子哼了一聲。

「虧她接連被真庭忍軍和錆白兵背叛，這回倒是抽到了上上籤嘛！還是老樣子，淨走狗屎運。不過這麼一來，可就有好戲看啦！」

「啊？」

「我說得沒錯啊！那婆娘與虛刀流掌門接下來要奪的完成形變體刀——賊刀『鎧』，號稱防禦力天下無雙；舊將軍頒布海賊取締令興兵征討，依舊無功而返，可見一斑。防禦對上防禦，不知結果如何？」

「瞧您樂的。」

女子樂不可支地笑了。

「有這麼一場好戲可看，眼下我自然是樂得隔山觀虎鬥。不過等那婆娘下手奪第五把刀時，或許便是我開始行動的時候……不，是時機。」

「……那麼……」

「不，該如何行動我自有安排，目前你只須繼續監視那婆娘，靜觀其變，待她下手奪第八把刀……不，第九把刀時再過問。她現在樂不思蜀，但屆時總得回尾張一趟。我要走的，是另一條路子。」

「不過，若是奇策士等人在集得八把刀之前便事敗身亡了呢？」

「那也無妨。老實說，那婆娘集得四把刀，已經超出我的期待了；鑄這麼早便敗陣下來，亦是出乎我的意料之外。要接手並非難事，只是我不願化暗為明罷了。」

「您說的是……檯面上的差事還是交給他們去辦較好。」

「說歸說，可不能太過樂觀。如你所言，別說是八把了，搞不好他們連第五把賊刀『鎧』都奪不到手。那婆娘好弄奇策，幹出的事不是大成便是大敗；不過這也難怪，一個把傳奇刀匠四季崎記紀所造的變體刀視為尋常刀劍與升官手段的人，想得出的也只有這些險招了。換作是我，便會更加慎重行事。」

女子說道。

「好了，還有其他事稟報嗎？」

「目前仍無法掌握真庭忍軍的動向。十二首領中的真庭蝙蝠、真庭白鷺與真庭食鮫曾找上奇策士奪刀卻失手身亡之事，屬下已經稟報過了；不過其餘九名首領的動向依舊不明。」

「是麼……忍者總是這麼——唉呀，失禮，你也是個忍者嘛！也罷，辛苦你了，退下吧！」

「是。」

說來也玄，答應聲傳來之後，四周便再無動靜，連道腳步聲也沒有，然而天花板上卻已空無一人，彷彿自始自終只有聲音存在過一般。

「好啦！接下來又會如何發展？」

女子維持原本的姿勢，並不移動，只是獨自杵在房中，彷彿在候著什麼人似的。

至於她在等誰，目前仍不得而知。

■　■

奇策士咎女、真庭忍軍，以及終於出現的第三勢力？

便在中樞尾張暗潮洶湧之際，集刀之旅終於來到了九州。

這回的敵手是海賊。

賊刀「鎧」究竟為何物？

武俠刀劍花繪卷。

悲劇，慘劇，殘酷劇。

刀語第五卷，於焉展開！

一章 鎧海賊團

■ ■

濁音鎮中有個名為大盆的建築物，但造得極為簡陋，能否以建築物三字相稱著實教人存疑。那大盆外圍乃是以木製高欄圍成圓形，欄杆與欄杆的間隔甚大，柵欄之中清楚可見；圓的半徑約有十丈長，圓內鋪滿了砂，應該是從附近海岸運來的。

說穿了，不過是在廣場之上立了柵欄而已，簡陋程度可見一斑。

然而，大盆之上卻是人山人海；柵欄之外有群眾圍觀，柵欄之內則是兩名武人相對而立。

沒錯，大盆正是個比武場。

造得簡陋，乃是為了方便損壞之時立即修復。

「預備——動手！」

公證人從柵欄之外喝道。

連公證人亦不得進入比武場之中。大盆之內，乃是習武之人的聖地。

是那兩名武人的聖地。

其中一名大漢身著淺色衣衫，手執一把大得出奇的巨刀，相貌威武，雙眼炯炯有光，顯然是個浪跡江湖的練家子；即便是不懂劍法的門外漢，也得屈服於他的威猛之下。

另一人看來並非劍客，莫說刀劍，連把像樣的兵器也沒帶。

不過，此人身上倒是穿了件無與倫比的「護具」。

那是件鎧甲。

那鎧甲並非日本自古流傳下來的兜甲式樣，反倒比較接近西洋劍士所穿的盔甲，全身上下密不透風，沒留半分空隙；莫說關節部位，便連金屬接合之處都被其他部位重疊包覆，在陽光照耀之下，宛若一個閃閃發亮的厚重銀塊。

披甲之人身形魁梧，另一名大漢所持的巨刀相形之下，反倒顯得尋常無奇了。這件龐然生威的鎧甲少說也超過了七尺高。

大漢既然有膽量站上比武場，自然不會因雙方的體格差距而心生畏怯；只是見了如此古怪的對手，卻也不禁躊躇不前。

「怎麼了？」

披甲之人出言挑釁大漢，嗓音粗厚低沉。

「你不是要用那把自豪的大刀把我的鎧甲劈成兩半嗎？還是你一上陣就想打退堂鼓了？」

「…………呿！」

大漢咬牙切齒。

見狀，披甲之人又加譏刺。

「唉，真窩囊啊！虧你有天下第一剛劍之譽，面對一個赤手空拳的男人，居然不敢出招，簡直要笑掉旁人的大牙。我看你能連勝五人，也只是運氣好吧！」

「──喝啊啊啊啊啊啊！」

怒意勝過了求慎之心，只見大漢揮動手中的巨大剛劍，朝披甲之人進攻。

大漢使起劍來並無章法路數，只憑劍身重量及一身蠻力將對手劈成兩半。一般笨重者必然緩鈍，但他卻是迅如疾風！

然而──

「……否崩。」

披甲之人使了個尋常無奇、不足稱道的招式。他也朝著大漢進攻，但他嘴上雖然煞有介事地喊了個招數名稱，幹的卻只是單純的衝撞而已。

披甲之人沉腰紮馬，右肩向前，挺身便是一撞，速度出奇地快。

這道理便和大漢的剛劍一樣。這件鎧甲與近代的輕盈化精神背道而馳，高達七尺以上，比尋常甲冑沉重許多；莫說要穿著走動，只怕連拆開來搬運都很困難。然而正因為鎧甲沉重，一旦加速便難以收勢，化為一塊金屬直衝敵人。

大漢正在進招途中，無法閃避。此時他終於領悟方才披甲之人出言挑釁便是為了這招布局，但為時已晚。

兩人正面相撞。

體格與速度差距兩相加減之下，被撞飛的自然是大漢。他的身子變得與衣衫一般破爛不堪，在半空中飛了一陣之後才結結實實地摔落地面，連砂地都無法緩和他落地的衝擊。

剛劍大漢並未起身。

不，或許他是無法起身了。

剛劍大漢似乎沒死，但已然昏厥。為何不過被披甲之人一撞，他便渾身是血？在他們交錯的那一瞬間，究竟發生了何事？

還有，大漢的剛劍呢？

他那欲將鎧甲劈為兩半的一擊又怎麼了？

頃刻過後，那一擊的殘骸宛若雨水一般點點滴落。原來剛劍已化為碎片，散落一地；那一擊的勁力反過來震碎了剛劍本身，令劍身化為烏有，連道影子也不剩。

「——勝敗已定！」

公證人宣布，柵欄之外觀戰的群眾大聲喝采。大盆比武開放下注，絕大多數人都手持賭券，其中又以面有喜色者居多，可見得大部分人都是押披甲之人贏。不過既然支持他的人居多，想必贏得的彩金亦是寥寥無幾。

其實披甲之人廣受支持，與賭博輸贏並無干係；他原本就是比武場的大紅人。

此亦當然。

因為他正是掌管濁音鎮的海賊團船長，而大盆也是由他的海賊團經營。

「…………」

「…………………」

正當觀眾齊聲喝采，而披甲之人亦舉手回應之時，卻有人的神色與比試中絲毫未變，只是注視著柵欄之內。

一個是身著錦衣華服的白髮女子，另一個則是站在她身後的保鏢，上身赤膊，人高馬大，一頭亂髮的男子。

「喂，咎女——」

雖然四周喊聲震天，那男子為了安全起見，仍是壓低了嗓門說話。

「刀斷了，該怎麼辦啊？」

「唔？怎麼，七花……」

被稱為咎女的白髮女子並未回頭，直接回答一頭亂髮的男子——七花。

「爾又沒仔細聽我說話了……那把刀只是普通的刀。方才披甲之人以自豪的大刀相稱，或許有點兒來頭，不過橫豎與我們無關。那個大漢只是個配角，戲分已經結束了，以後不會再出現。與我們有關的，是那個披甲之人。」

「披甲之人？」

「不錯，那人便是鎧海賊團船長校倉必，也是爾這回的對手。」

「哦──」

聞言，七花重新打量柵欄內的披甲之人。

同一瞬間，披甲之人轉向七花，與他四目相交。

當然，這應該只是七花的錯覺。

距離這麼遠，那人又正在回應觀眾的喝采，更何況那身鎧甲沒有半分空隙……從內側看得見外頭嗎？

「這麼說來，那人……校倉必，是吧？校倉必根本沒帶賊刀『鎧』來應戰？莫非他認為對付方才那種角色無須用上賊刀？可我覺得剛才那個大漢看來沒那麼不濟事啊！」

「非也。」

咎女說道。

「那身鎧甲即是賊刀。」

「……鎧甲？」

「爾見了那身鎧甲，沒產生從前那種共鳴感麼？或許是距離太遠了吧！那便是四季崎記紀打造的十二把完成形變體刀之一──賊刀『鎧』，模仿西洋盔甲而造，主重防禦的日本刀。話說回來……這回刀又落入高手之手了。」

咎女微微蹙眉，隨即又從容笑道。

「也罷，剛入港便能看到賊刀的主人校倉必與人比武，算是我們走運。七花，找個地方落腳吧！到時我再說明詳情，並好好計議如何奪刀。」

■　■

刀語也到了第五回。

故事到了這一回的後半將有極大的轉變，所以在這兒先簡單地「前情提要」一下。

…………

…………

很久很久以前，有一個天才刀匠，名曰四季崎記紀；他無門無派，是個獨行俠。當然，獨行俠三字說來好聽，其實是四季崎記紀太過特立獨行，不為同業所見容。

不過，他打造的刀卻是一流的。

他所打造的刀日後被稱為變體刀並支配了戰國時代，天下間的武將皆是趨之若鶩。他一共鑄了千把變體刀，大名的威勢即是取決於擁有幾把變體刀。

然而，群雄逐鹿的戰國時代於不久之後告終，一統天下的人物出現了。

那人便是日後被稱為舊將軍的武將。

但他在稱霸戰國時代之後，依舊不減對四季崎記紀之刀的執著——這便是四季崎記紀之刀的毒性。戰亂結束，早已用不著刀劍，但他卻在不知不覺之間本末倒置，不再為了打勝仗而蒐羅刀劍，反倒為了蒐羅刀劍而興兵征戰。

其中最為顯著的例子便是獵刀令。

舊將軍以興建大佛為名義，從全國各地蒐羅了十萬把刀劍，在土佐鞘走山清涼院護劍寺建造了一尊刀大佛，並順勢削弱了可能與自己為敵的大名國力。

然而，他卻未能集得所有刀劍。

當時已有傳奇刀匠之譽的四季崎記紀所打造的千把變體刀之中，有十二把最為傑出；而舊將軍想盡千方百計，就是無法集得這十二把刀。

絕刀「鉋」。
斬刀「鈍」。
千刀「鎩」。
薄刀「針」。
賊刀「鎧」。
雙刀「鎚」。
惡刀「鐚」。
微刀「釵」。
王刀「鋸」。
誠刀「銓」。
毒刀「鍍」。
炎刀「銃」。

即便查出刀的下落與持有人，舊將軍仍舊無法將刀納入囊中。

十二連戰，十二連敗。

倘若算上奪同一把刀時屢敗屢戰的次數，或許實際上還不止十二連敗。稱霸戰國的舊將軍在連年征戰之下日益疲弊，據說臨終前的國力只剩下五萬石不到。

接著時代轉變，由於舊將軍後繼無人，其後統治天下的便成了政治手段高明的家鳴家——家鳴將軍家支配全國的尾張時代來臨了。

天下太平。

這四字便是家鳴將軍家的標語。

想當然耳，四季崎記紀的刀漸漸被棄而不用。早在舊將軍的時代便該如此了。

刀、劍客、武士不再有用武之地，逐漸為人遺忘、不復記憶的時代正要展開。

然而，尾張幕府成立一百數十餘年，天下太平，經歷過戰國時代的人幾乎已死絕殆盡之際，卻起了變亂。

深受幕府信任的奧州地頭蛇飛驒鷹比等興兵作亂，戰火擴及全國，震撼了幕府。

說來也是幕府過於耽溺太平，竟險些因這場戰亂而覆亡；雖然最終幕府得勝，卻留下了禍根。家鳴幕府該打的標語，或許不是「天下太平」，而是「大意失荊州」才是。

轉眼間又過了二十年，這二十年來，幕府依舊束手無策，日日膽戰心驚。

正當此際，一名白髮奇策士提議蒐集舊將軍亦無法集齊的十二把完成形變體刀，以宣揚幕府之威。

歷經一番波折之後，白髮奇策士未負自己誇下的海口，集得了四季崎記紀所造的十二把完成形變體刀中的絕刀「鉋」、斬刀「鈍」、千刀「鎩」及薄刀「針」。

她從真庭忍軍十二首領之一真庭蝙蝠手上奪得了不折不損的日本刀——絕刀「鉋」。

從下酷城城主宇練銀閣手中奪得了無堅不摧的日本刀——斬刀「鈍」。

從三途神社掌理人敦賀迷彩手中奪得了數以千計的日本刀——千刀「鎩」。

從日本第一高手錆白兵手中奪得了刃薄難辨的日本刀——薄刀「針」。

白髮奇策士的集刀利器，便是一把名曰虛刀流的日本刀——雖為劍客卻不使刀劍的異端派門。

第七代掌門——鑢七花。

………………

………………

……以上便是前情提要。

這個故事的結局是否為皆大歡喜，尚不得而知；不過白髮奇策士咎女與虛刀流第七代掌門鑢七花的旅程，仍將持續下去。

■■

九州向來以溫泉聞名，古今皆然。由於地近知名活火山，隨處可掘得溫泉，最宜休息調養。想當然耳，這座環濁音港而立的港鎮裡決計少不了溫泉客棧，咎女等人落腳之處便是其一。

於大盆觀戰之後，兩人便逕至客棧，往露天浴池而去。短短五個月裡，他們倆從京都徒步跋涉至九州薩摩，早已形疲神困；莫說嬌小的咎女，就連體力過人的七花亦然。七花在這五個月裡不斷地練武、比武，猶以入九州以來尤甚。他在巖流島擊敗日本第一高手錆白兵的消息已傳了開來，自本州渡海而來的一路上，有不少浪人無賴前來挑戰這位「新科日本第一高手」，讓他在抵達薩摩之前打了不少無謂的架；身體上倒也罷了，精神上已是相當疲乏。

這時候碰上溫泉，正如久旱逢甘霖一般。

七花早想見識溫泉為何物，二話不說便允了咎女之邀。

露天浴池乃是混浴。

在這個時代，男女混浴並不稀奇，而溫泉更是以混浴為主流。當然，即便如此，咎女仍可錯開入浴時間；只是她生性不拘小節，而以七花的出身，自然更不會拘泥於男女之別。七花身為咎女的保鏢，若能片刻不離咎女身邊，自是再好不過。

這個溫泉客棧乃是以溫泉為招牌，露天浴池自是建造得美輪美奐。雖然泉水不深，但咎女身材嬌小（入浴之前脫去厚重的衣物，便更顯嬌小），進入浴池之後，倒還能浸到肩膀部位。咎女的眼前浮著店小二備下的木盆，裡頭裝著酒瓶與酒杯；她以手巾束起一頭白髮後，便自斟自飲，微醺半酣。

七花與咎女正好相反，人高馬大，是以上半身幾乎全在水面之上；不過稍熱的溫泉似乎正對他的胃口，只見他陶然自得，毫不吝惜地裸露著結實的身軀，仰望星空。

「這個溫泉……」

咎女一面倒酒，一面頂著微微泛紅的臉蛋對七花說道。還有其他客人住店，不過此時來泡溫泉的只有咎女和七花兩人。

「聽說治跌打損傷最有效，效果如何？」

「我哪知道？」

七花回答。

「我又沒受傷。」

「唔，那倒是。」

「不過這浴池挺大，能伸長了腳泡澡，倒是很舒服。」七花說道。

聞言，咎女忍俊不禁，笑了起來。

「……七花，離開京都時，我曾對爾說道——保護刀，保護我，還有保護好爾自己；既不可傷及變體刀，也不可令身為雇主的我有半分損傷，更不能在與人交手之時身負重傷，妨礙集刀重任。」

「是啊！」

「其實我一直認為最後一項最為困難。宇練銀閣、敦賀迷彩、錆白兵……還有真庭忍軍。對上這些高手，爾居然真能毫髮無傷，即便苦戰亦能護全自己；老實說，我欽佩得很。」

「怎麼啦？」

被咎女這麼一誇，七花竟害臊起來了。在無人島上活了二十年，來到外界才五個月，但他已懂得害臊了。

「突然回憶往事，真不像妳的性子。」

「是麼？」

「咎女，不過才集得四把刀，妳就以為大功告成了？咱們的旅程還長得很呢！」

「這道理何須爾說？我自然懂得。只不過——」

咎女將手放入眼前的木盆之中，把酒瓶及酒杯推到了七花面前。

「喝吧！」

「……不，我不愛喝酒。」

「喝一點兒又有何妨？我勸的酒，爾敢不賞臉？」

「…………」

「快喝！」

看來她不止微醺半酣，而是醉得厲害，只見她像個孩童一般猛拍水面。

迫於無奈，七花只得斟了杯酒，作勢喝上一口。

「然後呢？」

「唔？」

「妳方才說『只不過』——接下來呢？」

「哦……只不過，從錆白兵手中奪回薄刀『針』之後，我們的集刀之旅也多了幾分餘裕。」

「餘裕？……我不大懂。」

為免咎女又勸酒，七花趕緊將木盆推回去。

「這話怎麼說？」

「我在雇用爾之前，曾有過兩次重大失策……為了將功贖罪，行事之時難免急功躁進。不過上個月爾擊敗錆白兵，可說是盡數彌補了先前的失策。」

「哦……」

奇策士咎女曾被背叛過兩次。

第一次是真庭忍軍，第二次是錆白兵。

咎女的奇策向來不是大成，便是大敗。起先她雇用真庭忍軍集刀，但真庭忍軍卻在奪得絕刀「鉋」之後，為財而背叛咎女；接著她雇用的日本第一高手錆白兵又中了四季崎記紀之刀的毒，得到薄刀「針」之後便為名背棄咎女。

接連二次遭受背叛，陷入絕境的咎女死馬當活馬醫，找上了流放無人島的派門——虛刀流。她原先要找的是有大亂英雄之譽的虛刀流第六代掌門鑢六枝，但鑢六枝已不在人世，因此鑢六枝的不肖子——第七代掌門鑢七花便成了她的旅伴。

「不承島上，從真庭蝙蝠手中奪回絕刀『鉋』；巖流島上，從錆白兵手中奪回薄刀『針』。當然，這只是失而復得，稱不上功績，但至少有助於任務的進展。這會兒我再也不必心急，可以摒除雜念，從長計議。」

「從長計議？」

「從長計議，暗中算計。」

「……………」

七花本想回上一句「犯不著暗中算計吧」！但見咎女說得一本正經，便不置可否。

七花不懂得鬼蜮伎倆。

不過，咎女放下了心頭的巨石，七花當然替她慶幸。其實對鑢七花來說，收集四季崎記紀的變體刀並無意義；他身為不使刀劍的虛刀流門人，對重刀更甚劍客的四季崎記紀所造的刀（以及刀的毒性）固然有幾分興趣，但要為了這幾分興趣集刀，他可就提不起勁來了。他雖然努力，卻不勤奮。

七花只是為了咎女而戰，見她如釋重負，心上自然高興。

也不知咎女明不明白他的心境。

「老實說，當初我對爾頗有懷疑——不，倒也不是懷疑；只是蝙蝠與錆都為了四季崎記紀的變體刀而背叛我，因此我曾想過爾是否也會刀一到手便棄我而去。」

「什麼話？真過分。哦！所以妳才一奪得刀便立刻送回尾張去？」

「我不否認。」

咎女續道。

「只不過如今我已不再疑心了。一來疑人不用，用人不疑……二來過去遭人背叛而失去的刀已全數奪回，我也犯不著為此耿耿於懷。雖然爾仍有不牢靠之處，教我無法完全信任……不過我能確定爾絕對不會背叛我。我說這番話，便是要教爾明白。」

「都什麼時候了，還說這話？」

七花失笑道。

「我一直認為妳很愛我啊！」

「……不，沒這回事。」

「再說，妳找上虛刀流，不就是為了避免重蹈真忍及錆的覆轍嗎？不使刀劍的劍客，才不會為財或刀所動。」

「是啊——確是如此。」

七花是把刀，是以絕對不會背叛。

「而且最重要的是……」

「愛？」

「沒錯，我是為愛所動的男人。」

七花嘴上這麼說，其實情感尚未發達，才能臉不紅氣不喘地說這種話。

「我愛妳，豈會背叛妳？一道旅行的這五個月間，我的愛可是與日俱增啊！」

「……但爾與我共泡溫泉，卻是平心靜氣得很啊！」

「唔？怎麼，是妳邀我一道來的啊！」

「是啊！」

咎女為了掩飾害臊之情，竟拿起酒瓶大口喝酒；喝光了酒，便把酒瓶放回盆中，推到一旁去。

「好了，該談談任務了。我本想等出浴之後再談，不過這兒挺舒適的，又沒外人在，便在這兒談吧！」

「嗯，看來也沒人偷聽……這麼一提，好一陣子不見真忍啦！」

「他們追蹤的並非我們。與他們為敵很麻煩，能不碰頭自是再好不過。」

「咱們早就和他們為敵啦！……好啦，談談這回的目標賊刀『鎧』吧！妳方才說的是真的嗎？那個披甲之人便是變體刀的主人，而那身鎧甲即是賊刀『鎧』──」

「是真的。」

「還真是刀如其名啊！」

七花感嘆道。

「鎧海賊團也是團如其名，一點兒潤飾都沒有，直截了當……話說回來，我瞧上去總覺得奇怪。那個披甲之人……」

「校倉必。」

「對，校倉。他……是不是很受愛戴啊？」

七花一面回憶方才的大盆比武，一面說道。

「不，不光是校倉必……聽這鎮上百姓的語氣，對那海賊團的風評似乎不差，我都不敢說我是來剿滅他們的。」

「為了爾自己著想，這些話還是別說出口較好。濁音鎮雖有鎮長，實際上掌理一切的卻是海賊團。」

「可是感覺上並非海賊據地為王、作威作福啊！我還是不懂他們為何如此受人愛戴。出雲三途神社的那個敦賀迷彩，聽說是山賊出身——」

「海賊和山賊的情況不同，雖然兩者都是胡作非為的不法之徒，不過海賊的獵場是海，而非陸地。」

「唔？」

「所以海賊需要一個海港來作為根據地。他們在根據地裡絕不胡作非為，反而為了海港盡心盡力，否則港口封閉，他們便就無計可施啦！而鎧海賊團的根據地正是這個濁音港。」

「原來如此。」

「九州、四國一帶海賊雖多，在這一節上卻都是大同小異。鎧海賊團於舊將軍時代是以瀨戶內海為根據地，不過舊將軍沒落之後，不知何故，竟把根據地遷到了薩摩來。」

「當時鎧海賊團便已經握有賊刀了？原來如此，這海賊團的名字不是不加潤飾，而是遵循傳統啊！對了，我聽說舊將軍為了蒐集賊刀『鎧』，曾頒布海賊取締令？」

「真虧爾記得。沒錯，不過海賊取締令只是徒勞無功。海賊的力量不可小覷，至少在船上，他們是天下無敵。」

「所以只能在陸地上和他們打？可是咎女，不是我要挑妳語病——校倉必不也拿著賊刀『鎧』，在陸地上和人比武嗎？」

「那只是替濁音鎮招攬旅客的手法，說穿了便是賭博，但風評還不差，是以幕府也予以默認……其實這些行為原就無法一一取締。大盆每兩星期便會舉行一次比武大會，參賽者各列名次，賠率便是依名次而定；而位居頂點的大紅人，即是校倉必。」

「妳的消息還真靈通啊！」

「別取笑我了。不過多虧了這個比武大會，才能見識到校倉的功夫，說來也是我們運氣。平時積的德在這時候派上了用場。」

「咱們平時有積過德嗎……？」

七花露出苦笑，似乎感觸良多。

「那麼這次又該怎麼辦？我不知道妳這回打算怎麼談判，不過身為刀的我，是不是該做好大盆比武的準備？」

「不……大盆似乎無法中途參賽，即便可以，也得費一番手腳。再說，三途神社之戰便是個活生生的教訓，我們沒必要在對方的擂臺上分勝負；思及賊刀『鎧』的特性，便更該小心。」

「什麼特性啊？那不就是件尋常的鎧甲嗎？」

七花說道。

「或許我不該問……咎女，那把刀有哪一個地方像日本刀啊？我知道四季崎記紀是個怪胎，可是再怎麼也不能拿件鎧甲來充刀吧？」

「不，那仍是一把刀。從遠處看，或許看不分明，其實鎧甲每個部位的接合處都嵌有利刃。試想，那個使剛劍的大漢不過挨了一撞，為何遍體鱗傷？那並非衝撞造成的傷勢，而是被利刃所傷。」

「那個大漢的確渾身是血……嗯，原來是被利刃割得皮開肉綻啊！但就算如此——」

「我懂爾的意思。那的確並非尋常刀劍，反而較接近鎧甲，只不過鑄造的材料與日本刀一樣，用的是海綿鐵。當然，這把刀重防禦勝於攻擊。」

咎女又道。

「方才我也提過，爾在這趟集刀之旅中，尚未受過半點兒傷……頂多是在啟程之前，與真庭蝙蝠交手時中了手裏劍砲而已。爾有金剛不壞之身，校倉也擁有賊刀『鎧』這道固若金湯的城牆。比起那個遍體鱗傷的大漢，我倒希望爾去回想那把粉碎的剛劍。一般武功決計無法傷及賊刀分毫。」

「如此堅硬，倒讓我想起絕刀『鉋』。」

「嗯，我想四季崎記紀打造賊刀的靈感，便是來自於絕刀。不過『鎧』由於構造之故，應該不如絕刀堅硬。」

絕刀「鉋」的特性——堅韌。

斬刀「鈍」的特性——鋒利。

千刀「鎩」的特性——數量。

薄刀「針」的特性——脆弱。

「賊刀『鎧』的特性便是無與倫比的防禦力，它可不光是堅硬而已，還有易守難攻的好處，尋常招式決計不能擊垮那道鐵壁——要在大盆裡取勝，就更是難上加難了。」

「船上無敵，大盆裡亦是固若金湯，那不就無計可施了？難道要我在空中和他打？」

七花說道。

「還有，妳方才說一般武功無法傷及賊刀分毫，可妳本來就不許我損傷變體刀啊！」

「別說得得意洋洋的。不消爾說，這個道理我也懂。對手一身鎧甲，根本無隙可乘……」

「無堅不摧的斬刀『鈍』或許能攻破賊刀的鐵壁，不過這麼一來也會傷及鎧甲，還是行不通。」

「嗯，但並非無計可施。爾的絕招……我忘了是第幾招，不是有招可以穿甲麼？」

「哦，妳不說我險些忘了。」

咎女忘了是第幾招倒也罷了，七花這句「險些忘了」可就大有問題；不過此事暫且按下不表。

穿甲——這招近乎拳法，能不損及外側而直攻內側，從鎧甲及盾牌之上攻擊亦可奏效；若能熟練，甚至有『隔山打牛』或『氣功』之效。這可說是不使刀劍的虛刀流方能使的招數，不過在正統劍法之中，也有運用相同法門隔空斬物的招式。

「虛刀流第四絕招——『柳綠花紅』。」

七花說道。

「從虛刀流七個起手式之中唯一握拳的一式——第四式『朝顏』變招而成的絕招。原來如此，用這招的確可不傷鎧甲，直接打敗裡頭的校倉必。原來即使得遵守不傷及變體刀的規矩，還是有法兒破賊刀啊！」

七花恍然大悟，頻頻點頭。

咎女又說道。

「其實這回的情況不同於以往，用不著使穿甲招數，要勝過校倉及賊刀『鎧』的方法多的是，我立刻便能舉出兩、三個。」

「哦？比如呢？」

「把他推進海裡。」

咎女神色自若地說道。

「賊刀『鎧』再如何堅牢，穿戴者畢竟是人，總得呼吸；而鎧甲再密也有縫，浸入水中必會漸漸充水，校倉便會窒息溺斃。鎧甲量重，沉入水中恐難浮起；不過我們只須拿條堅韌的鎖鍊綁住鎧腳，待校倉溺死之後立即拉上來並善加清理，便可免去生鏽之虞。」

「妳……妳的主意好邪惡啊……」

咎女的計策教七花小生怕怕。

明明身在溫泉之中，他卻覺得背上有股寒意。

咎女無視於他，繼續說道。

「又或者可以熱攻。熱攻與冷攻俱是良策，不過考慮到所費的工夫，還是熱攻為宜。我們可用熱光照射鎧甲，鎧甲為金屬所造，易於傳熱，甲內熱氣籠罩，裡頭的校倉便會熱死。」

「……………」

「唔？怎麼了？七花，何以毫無反應？」

「沒、沒什麼——」

七花見識了咎女的黑暗面，不由得臉色發青；咎女見狀，則是一臉疑惑。或許這正代表咎女奪回絕刀與薄刀之後，總算發揮了軍師的真本事，七花反倒該高興。

「也對……鎧甲再怎麼堅固，穿的畢竟是人，自然不致於無法可破。別說我的穿甲招式可以直接攻擊鎧中人，再不然卑鄙一點兒，也可以趁校倉脫下鎧甲之時下手。」

「這不叫卑鄙，而是理所當然的策略，不過這個方法不可行。因為那個男人——鎧海賊團船長校倉必從不在人前卸甲。」

「……哦？宇練銀閣也一樣，從不步出下酷城半步。」

七花說道。

宇練銀閣的絕對領域，亦是一道固若金湯的鐵壁。

「就連在海賊團的賊眾跟前，校倉必也從未展露過真面目，相當神祕。他幹海賊之前以何維生，也無人知曉。」

「既然是幹海賊，長相自然是越少人認得越好；再說身穿鎧甲，看來也比較威風。」

「宇練銀閣為了保護自己及斬刀『鈍』，總是刀不離身；那麼校倉從不卸甲，也沒什麼好大驚小怪了。這麼一想，對於方才那些鬼蜮伎倆，只怕校倉也早有防範——唔……」

七花總覺得咎女話中有話，但他認為無須追問，並不放在心上，繼續說道。

「妳的意思是，校倉對於水攻或熱攻或許早有防備？」

「當然。方才我故意把話說得簡單，是為了教爾明白；其實真要實行，須得更詳加計畫才成。比方說，即便真要推校倉落海，以那身鎧甲的大小與重量，也不是說推便能推落的；而熱攻這條計，在大盆之中絕無法進行。不過，七花，其實這回真正棘手之處並不在此。」

「那在哪裡？」

「在於校倉極受愛戴。」

咎女諷刺一笑。

「爾可別誤會，校倉受人愛戴，並非因為他德高望重。山賊與海賊終究只是緣林無賴，對這個港鎮的貢獻也只是為了一己之私；他們在海上燒殺擄掠的惡形惡狀可是人神共憤。獵刀令是惡法，但海賊取締令卻絕不是。所以——」

咎女頓了一頓，方又說道。

「校倉必殺之也無妨。」

「…………………」

真庭蝙蝠、宇練銀閣、敦賀迷彩、錆白兵。

這話聽在將過去的對手全數殺光的七花耳中，不知作何感想？

七花不是不懂得手下留情；來到本土之後，咎女曾帶他到京都大小道場試本領，他從未讓陪他練武餵招的人負過重傷。然而一到實戰，他卻是趕盡殺絕。

不錯，就連入九州後亦然。

「……這一路上，有不少人前來找爾較量呢！」

「唔？是啊！擊敗錆白兵後，我成了日本第一高手，便有不少人來下戰書，一開始我還莫名其妙呢！呃，前前後後有十個人吧？」

「十三個人。」

咎女說道。

「全數被爾所殺。」

「……？哦，那又如何？」

「沒什麼……」

哦，那又如何？

十三人——殺了這麼多素不相識的人，感想卻只是一句「那又如何」；光是不諳世事四字，並不能解釋鑢七花的人格問題。

這便是咎女無法完全信任他的理由。

然而目前此事並非問題；不，雖是問題，卻非一時間所能解決。眼下的當務之急不在於此。

「我的意思是，錆並非受人愛戴之人，不過是有個日本第一高手的頭銜，便替爾惹來了這麼多麻煩；七花，爾不妨想想，無論是使計也好，實力決勝也罷，若是爾殺了校倉，後果將會如何？」

「得到賊刀『鎧』。」

「認真想！」

咎女掬起一把水，朝七花潑去。

七花被這麼一潑，總算開始認真思考。

「呃……哦，校倉廣受鎮上百姓愛戴，所以一個搞不好，咱們或許會和鎮上的所有居民為敵，是吧？」

「不錯，屆時的敵人可不光是海賊團而已。」

七花的回答雖然慢了一拍，咎女還是姑且給了及格。

「與三途神社那時險些演變為以二對千的局面相較之下，固然好上幾分，不過一樣是極為不利。這個鎮上仰賴海賊團維生的人，少說也有數百；而此地又是個港鎮，我們隨時置身於背水一戰的狀況之下。」

「所以也不能奪了刀立刻腳底抹油，溜之大吉……對了，海賊團有多少人？」

「約莫二十人。以爾的武功，倒也不難打發。」

「這海賊團人挺少的嘛！」

「兵不貴多，貴於精。不過縱使賊眾真是精悍驍勇，應該也難不倒爾；畢竟這二十人各司其職，並非人人專事打殺，所以光是槓上海賊團，倒還無妨。」

只不過須得避免與全鎮為敵才是。」

「這麼說來，上回是光明正大地一決勝負，沒妳出馬的餘地……」

七花說道。

「可這回妳又要動起三寸不爛之舌談判了，是吧？」

「不錯，正是如此。」

戰場上的主角是兵士與劍客，然而戰爭時最關鍵的並非勝負；能贏固然是再好不過，不過並非能贏就好。

戰爭時最重要的便是戰前的準備及戰後的處理。

無論是戰勝處理或戰敗處理，皆不許出半點兒差錯。縱使大獲全勝，善後處理若是有了閃失，所失的便會比所得的還多；即便一敗塗地，只要處理得當，所得的或許比所失的更多。

天下間沒有常勝不敗之人。

將戰勝的益處擴至最大，戰敗的損傷減至最小，戰前如何定計，戰後如何善後——便是區分一流與二流的牆壁。不光限於戰爭，以奇策士咎女為例，雖然她先後遭真庭忍軍及錆白兵背叛，卻能在不到半年之內挽回頹勢，可說是相當漂亮的戰敗處理。

「不過，該和誰談判卻是個問題。直接與校倉談判固然省事，但也可挖校倉的牆角，從那個空有其名的鎮長或管理港口的人下手……」

見咎女自顧自地喃喃自語，七花猜想，話題應該到此打住了。接下來是咎女的工作，七花幫不上忙，只會礙事。

七花只能相信咎女，交給她全權負責。

「咎女，咱們該走了吧？」

他們已泡在溫泉裡談了好一陣子話，再泡下去可要昏頭了。套句剛才說的話，對自己水攻、熱攻做什麼？

「唔……哦，說得也是，就這麼辦吧……反正多得是時間可以從長計議。現在已奪回絕刀與薄刀，幕府之中也沒人敢說我閒話了，我們便急事緩辦吧！對了，七花，爾先起身讓我瞧瞧。」

「唔？」

「我教爾起身讓我瞧瞧。」

「哦……」

七花一頭霧水，仍依言起身。人高馬大的七花突然站了起來，在水面上激起一陣不小的波紋，飛濺的水滴打到了咎女臉上，然而咎女不以為意，只是仔細打量著七花的身子。七花並不遮掩，任由咎女端詳。

咎女點了點頭。

「……爾果然是高頭大馬，雖然苗條，卻不瘦弱。這趟旅程磨練下來，爾似乎比起在島上時還要健壯了些？」

「是嗎？有沒有變壯，自己可看不出來。不過既然妳這麼說，鐵定錯不了。那又如何？」

「沒什麼……行了。抱歉，直盯著爾瞧。接下來的話回房裡說吧！」

「咦？話還沒說完啊？」

「還沒，最重要的話還留著呢！」

說著，咎女起身，與七花一樣並不遮掩，直接離開溫泉。她一面解下盤起的白髮，一面走向更衣所，七花亦跟隨在後。

集刀之旅已邁入第五個月，七花卻未曾負過半點兒傷勢，自然也與跌打損傷無緣，但他卻衷心認為這是個好溫泉。

■
■

咎女說要急事緩辦，但世事豈能盡如人意？若是世事皆如人意，她也犯不著冒險集刀了。這一夜，奪取賊刀「鎧」的局勢倏然生變，但她卻渾然不覺，直到事到臨頭才發現。

泡完溫泉後按摩，乃是人生一大樂事，古今皆然。不過咎女與七花如今是覬覦「日本第一高手」寶座之人的目標，豈能讓素不相識的人碰觸身體？更何況這兒是敵人的地盤，想在泡完溫泉後按摩只得自個兒來。

想當然耳，雖然七花一路上屢建奇功，勞苦功高，但咎女可沒好心到替他按摩作為回報；就算天塌下來，這種事也決計不會發生。所謂的「自個兒來」，頂多便是七花替咎女按摩。不過要讓七花這個大男人的手在自己身上又壓又揉，畢竟不妥，因此咎女想了個法子。

咎女先打好地鋪，穿著單薄的襦袢趴在上頭，並令七花踩自己的背。

亦即腳踩按摩。

「…………」

「啊……真舒服…………」

咎女一臉陶然，任七花踩踏她的身體。一個身形嬌小的女子穿著單薄的襦袢，讓一個打赤膊的男人踩踏的模樣帶了種變態的味道，怎麼瞧也不像按摩。

前往三途神社登階時亦然，咎女在這種情況之下想出的奇策總有漏洞，甚或該說是挖了個洞給自己跳。

「是嗎？妳很舒服啊？我倒覺得怪怪的……」

「爾在胡說什麼？別停腳，再踩！」

「再踩……」

七花怕咎女承受不住他的體重，因此施力時善加斟酌。有時候太聽話也是個問題，這便是最好的例子。

「輕輕踩頭，或許也不賴……」

「這未免……好吧，我照辦便是。」

七花踩了踩咎女的腦袋，咎女發出了高興又恍惚的叫聲。

……或許她是個明知故作的真變態。

總有一天，七花也會變得和她一樣。

「好啦，妳剛才說最重要的話是什麼？」

「哦，這件事麼……嗯，我們談過對付賊刀『鎧』可用爾的第四絕招『柳綠花紅』，也談過對付廣受愛戴的海賊團船長須得從長計議；但我們談了這麼多奪刀手段，卻沒談到最關鍵的校倉本人。」

「啊，這倒是。」

海賊團、仿造西洋盔甲的日本刀……七花只注意到檯面上的物事，卻沒想過賊刀「鎧」正主兒及掌理濁音港的海賊團船長會是如何人物。

「咱們在大盆也只看見他撞人而已……聽他那時喊了聲否崩，那一撞似乎還是個招式呢！也對，方才談的是對付賊刀『鎧』的手段，並不是對付校倉必的方法。」

「校倉每兩星期至少在大盆比試一次，要探他的招式和路數並不難。不過，七花，我要談的卻是更為單純的問題。」

咎女一面被踩，一面說道。

「爾可曾與個頭大過自己的人交手過？」

「……………」

校倉必。

大盆比武時，七花是在遠處看他，四周又無可據以比較的物事，因此並不覺得他格外高大；其實校倉縱使不著賊刀「鎧」，亦是體型魁偉，超乎常人，比巨大還要巨大。

賊刀「鎧」高達七尺以上，換句話說，身著此鎧的校倉身長也有七尺左右，比鑢七花還要高出一、兩個頭。

尋常情況下，若是有個人總是身著鎧甲，絕不以真面目示人，旁人難免懷疑鎧中人其實時有更替，不只一人；不過校倉的情況卻不然。

天下間罕有像他一般高大的巨漢。

「在我小時候，我爹和姊姊比我高……」

鑢六枝。

鑢七實。

與七花在不承島上一起生活的家人——

「不過我七歲的時候便追過了姊姊，十幾歲的時候又追過了爹；這一路上妳安排的練武對手及入九州以來碰上的那些煩死人的挑戰者……沒一個比我高大。」

「嗯，爾的實戰經驗原本便不多，自長大成人以後，又未曾與比自己高大的人交過手；這麼說來，這回將是爾頭一次與個頭大過自己的人交手。」

自從七花擊敗錆白兵，接收日本第一高手的寶座之後，一路上前來「挑戰」之人絡繹不絕；誠如七花所言，這不但有礙任務，又浪費時間，確實是件「煩死人」之事，但咎女並不以此為惡。能讓經驗不足的七花累積實戰經驗，豈會是件壞事？這些前來挑戰之人的武功路數不同於道場劍法，定能對七花有所助益。七花將所有前來挑戰之人趕盡殺絕，自然是個日後必須解決的嚴重問題；但七花多一分實戰經驗，便更利於集刀一分，卻也是個不爭的事實。

雖然挑戰者眾，體格卻沒一個能勝過七花。

這些前來挑戰的莽漢能有多少本領可想而知，唯一能指望的也只有體格；不過如同咎女方才在浴池所見，七花的身軀比起一般成年男子大上許多，體格能勝過七花之人少之又少。

咎女原本懷疑七花是否為日本第一高大的男子，到了今天才知不然。

沒想到完成形變體刀的的主人偏生是個個頭大過七花的巨漢。

「沒想到賊刀『鎧』居然是把如此龐大的日本刀……我曾聽聞賊刀『鎧』是件巨大的甲冑，但總以為謠言誇大，並未當真。向來在體格上占盡優勢的爾，不知能否體會我這句話的含意……七花，體格越是高大，往往越為有利。」

「哈哈哈！這話的確是咎女這種矮個兒會說的！」

「嗟了！」

咎女一個扭身，揍了七花踩在自己身上的腳踝一拳。拳頭上肉少骨凸，饒是七花也略感痛楚。

「哦……好一陣子沒見妳這招『嗟了』啦！」

「囉唆！當然，矮小之人身手矯捷，輕盈靈便，自成一套戰法；不過爾可不懂得矮小之人的戰法吧？」

「嗯……」

「也不怪爾。爾從未與比自己高大的人交過手，自然無須瞭解這種戰法。不過這回不同，爾得和校倉必這個巨漢交手。」

「……沒什麼計策可用嗎？」

「沒有。」

咎女斷然說道。

「我全然不懂武功，碰上這檔子事，自然是無計可施。自個兒想辦法吧！」

「哦……」

七花覺得這話等於要他自生自滅，不過這事又的確無法借助咎女的智計。這趟旅程的指揮權雖掌握在咎女手上，打打殺殺卻是七花的差事，他得自行設法。

比自己高大的對手……

七花從未設想過這種情況，就連在大盆前親眼目睹校倉與人比試之後亦然。這樣的對手完全出乎七花的意料之外。

然而，此時發生了件更加出人意料之事。

走廊上有道聲音透過關閉的紙門傳來。

「客倌。」

聽來似乎是這座客棧的小二。

咎女猛然一震，她也明白現在這副模樣（身著襦袢，被一個半裸男子以腳按摩的模樣）不好教人瞧見，便小聲催促七花停腳。七花早聽見走廊上傳來腳步聲，但他並不覺得被人瞧見不妥，因此只是暗自奇怪咎女何以態度驟變，卻還是乖乖聽令，將腳移開主人的背上。

「何事？」

咎女以高高在上的權貴口吻（只不過聲音略微浮動）朝著走廊上之人問道。

「對不住，這麼晚打擾您。外頭有位客人想見您一面——」

「……是誰？」

咎女暗自狐疑來者為何人，一面起身披上錦衣，一面反問。

小二回答。

「是鎧海賊團船長——校倉必大爺。」

二章 校倉必

■　■

咎女暗叫不妙，這回可被搶了先機了。

她沒想到對手竟會主動找上門來。其實咎女早該料到這種情況；擊敗日本第一高手錆白兵後，鑢七花已非無名小輩，因此一路上前來挑戰之人絡繹不絕。巖流島與薩摩濁音港相距雖遠，但九州乃是海賊的天下，海賊之間又互通聲氣，校倉必自然早已接到了消息。

說來是咎女反常，心生大意所致。

從真庭蝙蝠及錆白兵手中奪回絕刀「鉋」與薄刀「針」，令她放鬆了戒心——現在說這話，是亡羊補牢，為時已晚了。

局勢的發展已然遠遠超乎她的掌握。

■
■

近看校倉必的身軀，更是大得教人難以置信，活像是說書人胡亂吹噓之下的產物。光是身著鎧甲的校倉必一人，便將偌大的雙人客房占去了一半——這麼說或許是過於誇大了。

校倉必原就魁梧，一身賊刀「鎧」更令他顯得龐大無比。他比七花高，也比七花壯；他約高出七花一、兩個頭，但體格與苗條的七花相較，竟約有兩倍壯。

——真的就像道牆壁一樣。

七花暗自想道。

鐵壁。

銀色的全身甲。

密不透風的鎧甲。

天下無雙的防禦力——果然名不虛傳。

七花感覺到了。

在這個距離之下，他能感受到咎女所說的「共鳴」；他有種遇見自小失散的親人一般的確信。

他能確信眼前的便是賊刀「鎧」。

「——閒話休說……」

咎女不愧是咎女，雖然事出意料，心中驚疑不定，表面上卻仍是穩如泰山。她穿起一身錦衣華服，箕坐於坐墊之上，注視著身穿鎧甲的不速之客，絲毫未顯醉態。咎女雖然得抬頭仰望對手，卻是態度昂然，宛如居高俯視一般。

「濁音鎮實質上的統治者，鎧海賊團的船長——校倉必大爺找我們這樣的一介旅人，有何貴幹？」

「…………」

原來如此，這次用這種態度進攻啊？七花在咎女背後暗暗點頭。咎女在三途神社談判之時，由於談判對手敦賀迷彩並未佩刀，便命令七花離座；但這回校倉豈止佩刀，根本是把刀裹在身上了，因此咎女也允許七花在場。校倉與咎女皆是坐著，只有七花侍立於咎女身後。

然而——即便七花站著，仍能感受到校倉的壓迫感；校倉巨大得足以吹散四季崎記紀之刀帶來的共鳴感。

方才咎女的一番話，其實七花並未當真；但如今一見雙方體格差距如此龐大，也開始覺得這回的對手確實有點兒棘手。

房裡有著三人份的茶水。

咎女一份，七花一份，校倉一份。

咎女並未要求掌櫃上茶，掌櫃卻自個兒送上了茶水。說來也是理所當然，這座客棧乃是歸鎧海賊團掌理；方才小二稱呼校倉時，亦是以「大爺」尊稱。

——話說回來，校倉穿著一身鎧甲，要怎麼喝茶……？

正當七花胡思亂想之時，校倉回答了咎女的問題。

「不，倒也稱不上貴幹二字。」

他的聲音和方才在大盆之內對剛劍大漢說話時一模一樣，低沉粗獷。

「哈哈哈！剛才我在大盆看見妳時，就覺得妳楚楚可憐，現在就近一看，更覺得嬌媚動人——髮色也很美。」

「…………」

七花察覺咎女聽了這露骨的褒美，似乎頗感不快。他最近才發現這位奇策士似乎不喜歡旁人評論她的容貌，無論是褒是貶，她聽來都覺得不受用。

事關容貌以外她倒不致於如此，可見得她不是不慣被讚或是害臊。

不過，咎女可沒笨到在校倉面前流露真情；七花站在她身後，與她相處的時日又長，才能察覺她的不悅。咎女表面上仍與平時無異，還禮尚往來地回讚了校倉的鎧甲幾句，接著又重複了方才的問題。

「校倉兄究竟有何貴幹？」

「我不是說了？也稱不上是什麼貴幹——」

校倉回以同樣的答案。

他的口吻聽來豪爽，卻有幾分促狹。七花突然懷疑，校倉必年紀究竟多大？雖然從鎧甲之上無以推測他的年歲，但七花肯定他比自己大上許多，應該也比咎女更為年長。

「堂堂海賊團船長不帶半個隨從便到這種地方來，自然不會是為了尋常之事。」

「說話犯不著這麼拘謹，放輕鬆點兒。哈哈哈！我本來就是獨來獨往，不帶隨從，也沒必要帶。不過朋友倒是有一些。」

校倉豪爽地說道。

「……那我就恭敬不如從命。」

咎女改變口吻。

「但我還是得先請教校倉兄來找我們這樣的一介旅人，究竟所為何事？」

「兩位豈是一介旅人？」

校倉說道。

從鎧甲裡發出的聲音往往會因回音而難以辨認，不過校倉嗓音低沉渾厚，清晰可辨。

「家鳴幕府預奉所軍所總監督咎女姑娘——以及虛刀流第七代掌門，大敗錆白兵於巖流島，不使刀劍卻有當今日本最強劍客之譽的鑢七花少俠——誰敢稱這兩位大人物為一介旅人？」

「…………………」

咎女沉默下來。

沒想到對手不但找上門來，還把咎女與七花的底細摸得一清二楚。知道七花的來頭倒也罷了，校倉居然連咎女的身分來歷都知道，消息未免太過靈通了。

聽說海賊之間向來互通聲氣，果然不虛。

話說回來，既然校倉知悉他們倆的身分，自然——

「兩位正在集刀，是吧？」

校倉一鼓作氣，繼續進攻。

「我是在薩摩出生長大的九州男兒，不喜歡勾心鬥角。如妳所知所見，我便是四季崎記紀十二把完成形變體刀之一——賊刀『鎧』的正主兒。你們便是來扒掉我身上這件鎧甲的吧？」

「……哦？」

咎女不置可否。

她不知該作何反應。

照這麼看來，抵達濁音港後便在大盆見識到校倉的身手，其實算不上走運；咎女與七花在大盆之外見到了校倉，同樣地，校倉也在大盆之中看見了咎女與七花。

七花這才想起當時校倉曾與自己四目相交。

七花雖然接收了日本第一高手之名，但江湖之中並未流傳他的畫像，生人斷無識得他之理；成了標誌的，八成是咎女的一頭白髮。

一路上前來挑戰的人，也多是憑咎女的白髮認人，更兼她素來錦衣華服，更是顯眼不過。

說歸說，總不能因此要求咎女剪去白髮。再說七花人高馬大又打著赤膊，雖然不比咎女，亦是相當引人注目，沒資格指責咎女的不是。

「若是如此，那又如何？」

思索片刻過後，咎女索性打開天窗說亮話。

「你們這些海賊幹的本是無本勾當，莫非自己搶人可以，別人來搶你們卻不行？天下間豈有這種荒謬的道理？」

「那倒是。」

面對咎女的挑釁，校倉泰然處之。

「傷人者人恆傷之，我既然搶人，便有被搶的覺悟——既然殺人，就有被殺的覺悟。」

「……覺悟？」

「唔？」

「不，沒什麼。」

見了咎女奇妙的反應，校倉一時間覺得奇怪，但他生性大而化之，只是點了點頭，又繼續說道。

「所以別誤會，我可不是來給下馬威的。」

「所謂知人知面不知心……」

校倉說話的態度，擺明他已摸清了咎女的所有心思；然而咎女並不為所動，只是面露苦笑，答道。

「說不定這座客棧早被校倉兄的手下團團包圍，我們已成了甕中之鱉；就是這杯茶裡，也不知道加了什麼東西。」

「我不是說過沒帶隨從來嗎？」

「是麼？」

咎女輕描淡寫地將校倉的否認一筆帶過。

七花著實佩服咎女的膽識。連七花都覺得身著鎧甲的校倉「巨大」，看在身材嬌小的咎女眼裡，想必校倉更如巨人一般，一腳踩扁她都不成問題；更何況校倉還是個惡名昭彰的海賊團船長及賊刀「鎧」的主人，咎女與他相對，竟能毫不畏怯，實在了得。

——反正我得做好隨時動手的準備。

沒人能擔保校倉不會和宇練銀閣使出同樣的手段。雖然校倉只著鎧甲，未攜兵刃，但賊刀「鎧」畢竟是把刀，不是護具，而是武器。

七花仔細端詳，果如咎女在溫泉時所言一般，鎧甲之上處處嵌有刀刃。

——原來如此，被這種玩意兒一撞，自然是承受不住了。

七花的腦海中閃過遍體鱗傷的剛劍大漢以及粉碎的剛劍。

不過，縱使少了這身鎧甲，被這種龐然巨軀撞擊，後果應該差不多。

「七花。」

「……………」

「七花，七花！」

「……………」

「嗟了！」

咎女旋身一記肘擊，正中七花的膝蓋。

她的打法越來越多樣化了。

「咦……啊？」

「啊什麼啊？爾在發什麼呆？現在的話題與爾也有關連，注意聽！」

七花並非在發呆，不過他的確是看著校倉的鎧甲出了神，只得老老實實地道歉。

做好隨時動手的準備固然沒錯，但若是因此聽而不聞，可就是本末倒置了。

「虛刀流……我聽說過。」

校倉說道。

「大亂英雄鑢六枝——我很希望能和這位老前輩比劃比劃，不過既然你接任第七代掌門，便代表他已經退位了。他的年紀應該沒那麼大吧？」

「我爹已經死了。」

這是七花頭一次對校倉說話。

「呃——」

因何而死，卻是個不能對外人道的祕密。
七花想起敦賀迷彩曾勸誡他不可說出去。
不只敦賀迷彩，他的姊姊從前也曾教他對咎女保密。
「——哦？死了啊？」
七花不善說謊，說話說得支支吾吾，顯然事有蹊蹺；但校倉並未起疑，反倒是咎女略感疑惑。
校倉又說道。
「我知道虛刀流非同小可，沒想到居然這麼厲害，能在單打獨鬥的情況之下打敗日本第一高手。」
「……你識得錆白兵？」
「對。我雖然不是劍客，使的畢竟是名曰賊刀『鎧』的『刀』，對錆白兵自然有幾分興趣。我還巴望著有一天能在大盆和他一決勝負呢！要自稱為日本第一高手，也得先過我這關才成啊！」
「……………」
「我聽說他設法弄到與賊刀『鎧』並列為四季崎記紀十二把完成形變體刀

之一的薄刀『針』之後，就更想和他交手啦！完成形變體刀對上完成形變體刀，不知孰優孰劣？我本來打算近日之內便去找他一決勝負，沒想到竟被你們搶先一步。」

「……你還真好鬥啊！」

咎女啼笑皆非。

「話說回來，不好鬥，又怎麼能當上海賊團的船長呢？」

「生為男兒，本該爭強好勝。日本第一高手的招牌，沒覺悟可扛不起啊！是吧？」

校倉徵求七花的贊同。

七花不知如何回答。

覺悟？

「……我有同感。」

咎女說道，閉目沉思。雖然她面對校倉時態度昂然，毫不畏怯，但面對突然的發展，卻也不禁迷惘。

總之，她急事緩辦的算盤是落空了。事到如今，只得用點兒強硬手段。

現在正是奇策士咎女一展長才的時候。

「話說回來，海賊之間的消息還真是靈通，沒想到我們的動向全被摸得一清二楚。照這麼看來，校倉兄，你當然也知道我們已集得幾把完成形變體刀了？」

「四把，對吧？」

校倉回答得極為乾脆。

「絕刀『鉋』、斬刀『鈍』、千刀『鎩』，以及錆白兵的薄刀『針』。頭一把絕刀『鉋』是如何得手的我不知道，不過第二把與第三把嘛，我可是連原先的持刀人姓啥名啥都一清二楚。宇練銀閣與敦賀迷彩……沒錯吧？」

「嗯……正確無誤。」

咎女這麼問並無深意，只是想試探對方究竟知道多少而已。

不過——

不知道絕刀是如何得手？

聽了這話，咎女暗自尋思。

校倉不見得老實回答，咎女當然不能完全相信他所說的話；不過若他所言屬實，便代表鎧海賊團並未掌握到真庭忍軍的情報。這麼一提，錆白兵如何奪得薄刀「針」，校倉似乎也不甚明白。

既然校倉並非無所不知，或許尚有反將一軍的機會。

咎女慎重地追問。

「我越聽越不明白了，校倉兄。你知道我們的真正身分，也知道我們所為何來；那麼你這個賊刀『鎧』的正主兒前來這間客棧，究竟有何目的？總不會是來獻甲吧？」

咎女終於進入正題。再這麼客套下去也沒完沒了，總得有個解決。

即使這間客棧已被校倉的手下包圍亦然——

「怎麼可能？」

校倉哈哈大笑。

「海賊恭順幕府，那還玩得出什麼把戲？反權力、反體制，正是海賊打的旗號，只要海水一天不乾，我們決不歸順幕府……對了，咎女，我問妳。」

校倉直接對咎女呼名道姓。

幕府與海賊素來對立，這麼稱呼未免顯得過於親熱。

「假使妳如願扒下我這身鎧甲，接下來打算怎麼辦？就我所知，九州除了賊刀『鎧』以外，沒別的完成形變體刀了；若有，不可能逃得過我的耳目。」

「莫非你有千里眼和順風耳？」

「哈，我只是耳聰目明而已。好啦，你們橫掃西日本而來，下一個目標是哪兒，我可是好奇得很——是四國嗎？」

「不，假使我們能從校倉兄手中奪走賊刀『鎧』，便要回尾張一趟。我離開朝廷已久，宅邸也不能老交給外人打理。」

「你們要走陸路，還是海路？」

「難得來到港鎮，我想走海路。我記得濁音港有船到尾張去吧？」

「沒錯，別說尾張，要到四國的土佐、京都、江戶、死靈山，甚至琉球或蝦夷都不成問題。這兒可是我的老巢，就算比不上長崎的出島，在日本也還算得上是名列前茅的大港。只不過——」

校倉說道。

「就算你們成功奪得賊刀『鎧』，之後能否平安出海還是個問題啊！」

「……………」

戰勝處理。

說來也玄，方才咎女與七花才在溫泉裡談過這道課題有多麼重要——僅次於七花與校倉的體格差距問題。

這個男人不但消息靈通，又能見微知著。

見了他的龐大身軀及粗獷聲音，總會以為他是個粗枝大葉之人；然而他雖是個不拘小節、豪邁磊落的漢子，卻非魯莽無謀之人。

校倉嘴上否認，其實他根本就是來打下馬威的。

所謂先下手為強，後下手遭殃；有人覬覦賊刀「鎧」，自然該趁早剷除。

賊刀對於鎧海賊團意義非凡，連團名都冠上了「鎧」字，可見一斑；若是賊刀被奪，鎧海賊團便顏面掃地，連帶影響在濁音鎮上的支配力。

校倉處理這檔子事顯得駕輕就熟，看來咎女與七花並非頭一個來打賊刀「鎧」主意的人。四季崎記紀的變體刀價值連城，垂涎者自然不止真庭忍軍之人。

「所以呢，我有個好提議。」

然而校倉卻突出此言。

「……好提議？」

咎女皺眉。

古往今來，以「好提議」三字開端的提議決計不會是什麼好事，多半都是充滿了爾虞我詐的「壞提議」。

咎女全神戒備，說道。

「倘若真是好提議，我倒可以聽聽看。」

「當然是好提議……至少對幕府沒有壞處。」

說著，校倉抬起手臂，指向七花。七花已經脫離話題好一陣子，雖然他並未因此神遊天外，但話題突然又回到自己身上，仍教他滿臉困惑。「什、什麼事？」

「虛刀流掌門——」

校倉並不理會，繼續說道。

「和我決鬥吧！」

「…………咦？」

七花不禁咦了一聲，咎女也與他一般驚訝。

「決──決鬥？」

「對。若是你勝得了我，我就把賊刀交給你，並交代海賊團的人及鎮上百姓事後不可與你們為難。我可以對海神發誓，絕對送你們平安回尾張。」

「海神……？什麼海神？」

咎女喃喃說道。

當然，她並不關心是什麼海神，腦裡想的是校倉的提議。

對手主動提議決鬥，而且保證決鬥後絕不與咎女等人為難。

表面上聽來，是咎女等人求之不得的提議，不過──

「天下間豈有這等美事？」

咎女說道。

「其中必定有詐。」

「沒的事。當然啦，我會加些條件。我知道你們來到九州之後接受了不少挑戰，總不能厚此薄彼吧？虛刀流掌門。」

「咦？啊，嗯──」

「嗟了！」

咎女又與方才一樣，旋身便是一記拐子。

七花始終不閃不避，一片赤誠之心教人欽佩。

不過咎女並不讚許他的忠心耿耿，反而斥責道。

「別那麼輕易點頭，蠢材！用點兒腦筋！」

「……你們感情挺好的啊！」

校倉格格竊笑，如此調侃道。聞言，咎女猛省過來，轉向校倉。

「你說的條件是什麼？」

咎女以強硬的口吻問道。

「我話在說前頭，幕府絕不會縱容海賊的所作所為，除非你們肯金盆洗手。」

「別胡說了，我們可沒落魄到得求幕府縱容。我的條件並不困難，只是要你們給個面子。」

「面子？」

「對，這話由我來說，或許有老王賣瓜之嫌；不過說到鎧海賊團的校倉必，是無人不知、無人不曉。不光是濁音港，我在這一帶可是能呼風喚雨的。」

「確實有老王賣瓜之嫌。」

咎女聳了聳肩。

她一再插話打斷校倉，便是為了找機會摸清校倉的意圖；只可惜她的算盤打錯了，校倉身上的賊刀「鎧」遮住了臉孔，無法藉由察言觀色來窺知心思。

「哈哈哈！所以啦，我在鎮上百姓及手下面前，不能主動向你們挑戰。」

「…………」

「我們鎧海賊團本來就有一條禁止私鬥的規矩，要是我這個當船長的帶頭做壞榜樣，以後要怎麼管教手下呢？」

「禁止私鬥……？」

七花滿臉疑惑。

海賊給人的印象與倫理規範相去甚遠，居然會有禁止私鬥的規矩？咎女頭也不回地對七花說道。

「沒什麼好奇怪的。每個人都任意行事，組織便無法成立。欲統率部眾，自然得訂定規矩；若要得到部下的擁戴，便更該如此。」

「這話可說得不對了，我並未刻意去博取旁人的擁戴啊！」

「那大盆又作何解釋？」

「我設立大盆不是為了沽名釣譽，純粹是做生意而已。這陣子大盆的賺頭比海上的無本勾當還多，直教我傷腦筋呢！再這麼下去，可得背上陸上海賊的污名啦！啊，對了。」

校倉猛省過來，說道。

「還有一件事。決鬥地點便定在大盆吧！」

「……為什麼？」

大盆。

咎女曾說犯不著在敵人的擂臺上分勝負，最好避免在大盆對決。

「那還用問？鎧海賊團禁止私鬥，不過在那兒打便是做生意，不算私鬥了。再說，有日本第一高手——還是個不使刀劍的劍客上場，這麼稀奇的比試鐵定會吸引成千上萬的觀眾。妳也是幕府的人，就幫忙振興振興地方上的經濟吧！」

「你想利用七花攬客？」

「這樣就能換得賊刀，很便宜吧？」

「…………」

咎女沒回答。

然而校倉說的有理。大盆是對手的擂臺，選在那兒比試或許不利於七花，不過——

這個提議仍對咎女等人有利。

「……但那個大盆可不是江湖浪人說參加便能參加的吧？」

「沒的事，鎧海賊團主辦的大盆比武一向廣開門戶，歡迎各路好手參加。你們還記得和我交手的那個剛劍大漢吧？他便是個浪跡江湖修練武藝的外地人，湊巧到這個港鎮來的。若是他原先選了別條路走，說不定會去找你這個『日本第一高手』挑戰呢！」

「…………」

江湖浪人也能參加，這點倒與咎女預料的不同。

不過反過來說，這正代表大盆主辦人校倉自信滿滿，敢接受各方高手挑戰。

「那漢子的確不弱，能夠連勝我五個手下，贏得挑戰我的權利，在最近來到本鎮的外地人之中，算得上是有兩把刷子了。只可惜最後還是慘敗在我的手下。」

校倉笑道。

「挑戰權？」

咎女說道。

「要挑戰你這個廣受愛戴的大紅人，也得夠格才成，是麼？不知我們夠不夠格？」

「何必如此謙虛呢？日本第一高手。」

「這個寶座上個月才剛得手，還沒坐穩呢！是吧？七花。」

「唔？嗯，的確——」

方才咎女叮囑過別輕易點頭，因此七花答得模稜兩可。話題變得如此複雜，七花壓根兒搞不清楚咎女在打什麼算盤。

「可以這麼說。」

「哪兒的話？憑你們集得四把四季崎記紀變體刀的實力，還怕坐不穩嗎？四季崎之刀支配戰國的說法，我也曾聽說過；擁有的變體刀數量反映了國力強弱，是吧？我有一把，你們有四把；就數目來說，你們還比我高上一級呢！我只不過是請你們賞個臉主動挑戰，好保全我這個海賊團船長的面子。」

校倉說道。

「……但觀眾豈會信服？校倉兄消息靈通，才能知悉我們的『戰績』，但這些事總不能對觀眾說明吧？」

「是啊，說得不錯。不過俗話說得好，百聞不如一見；不必連勝五人……三人就行了。」

校倉豎起了三根手指。

那三根手指連關節部位都被鋼鐵包得密不透風。

「趕明兒個我便來召開臨時大盆比武大會，只要你們在大盆上連勝三場，便有資格挑戰我這個冠軍。平時大盆有我八名手下備戰，不過那個剛劍大漢打敗了五個人，現在只剩三個人能上場。」

「那三個人加上校倉兄——只要能連勝四場，我們便能得到獎品賊刀『鎧』？」

「沒錯。平時為了防止有人作假，大盆比武的好漢所能得到的只有勝利的榮耀，你們算是特例。畢竟真正的挑戰者是我，總該表示一點兒心意。」

「召開臨時比武大會……我聽說大盆是兩星期召開一次，原來能說改便改？」

「我是主辦人，說了便算！」

校倉必豪邁地大笑數聲。

「我不惜更改規矩，就是為了和你們打上一場。其實我也很想堂堂正正地對決，不過我那些囉唆的手下不可能同意，只得這麼做。當然啦，我是個生意人，自然也想抓住這個大好機會撈上一筆。」

咎女暗自思量。

她漸漸明白校倉的居心了。校倉雖然恭維七花是日本第一高手，卻有必勝的自信，會提出此議倒不奇怪；而他身為大盆主辦人，想利用七花來補剛劍大漢擊敗的五人之缺，也很合理。不過——

校倉必何必為了這種事賭上四季崎記紀的完成形變體刀……？

他生性好鬥，想和鑢七花打上一場或許不假；可是四季崎記紀之刀的毒性難道對他沒有半點兒影響？

他是濁音鎮的地頭蛇，凡事得顧及自己的顏面；不過正因為得顧及顏面，一旦答應之事便不能反悔。

咎女總覺得事有蹊蹺。

雖然校倉的提議聽來合情合理，但咎女仍覺得事有蹊蹺。

「……仔細一想，最重要的事我還沒問呢！」

「唔？」

「若我們贏過校倉兄，便能得到賊刀『鎧』……而校倉兄也保證我們事後平安離去。不過若是我們輸了，又該如何？」

「唉呀？」

校倉調侃道。

「還沒開打便先擔憂落敗以後的事，未免太過懦弱了吧？」

「敗給校倉兄，或是在之前的三連戰中無法取得三勝的話，我們該付出什麼代價？你總不可能毫無所求吧？畢竟你可是賭上了賊刀『鎧』啊！」

咎女說道。

她嘴上發問，其實心裡早已猜到了七、八分，甚至可說有十成把握。校倉必定然會要求她也拿出四季崎記紀的完成形變體刀做為賭注。

絕刀「鉋」、斬刀「鈍」、千刀「鎩」、薄刀「針」，把這四把刀盡數賭上，才能與校倉開出的優渥條件相匹配。

刀毒——

擁有變體刀的人會貪圖更多的變體刀。咎女也曾對第三個對手敦賀迷彩提出同樣的條件，唯一不同的是，迷彩貪圖變體刀乃是情有可原。

校倉必是海賊，想要什麼便用武力去搶，對他而言乃是天經地義。

「果然冰雪聰明。」

校倉讚了咎女一句，然而他接著說出的話，卻完全出乎咎女的預料。

「若是我贏了，咎女，妳便歸我所有。」

「……啊？」

聞言，咎女一愣。

「刀、刀呢？你不要？」

「刀？我對那玩意兒沒興趣，有這把就夠了。比起變體刀，我更想要妳。」

校倉說道。

「我看上妳啦！妳就跟了我吧！」

■ ■

奇策士咎女、虛刀流第七代掌門鑢七花以及鎧海賊團船長校倉必所在的溫泉客棧之外，正有人悄悄窺探。

不過，並非如咎女所想的一般，是校倉必的手下包圍了客棧；在客棧外窺探的人，只有一個。那人是個年輕男子，身材瘦長，一頭黑髮披垂，雖然面無表情，目光卻炯炯有神。

「……………………」

身著鎧甲的校倉必進入客棧已有好一陣子，似乎仍在談話。

「……看來吾來錯了時候，還是改日再來吧！」

他以細不可聞的聲音喃喃說道，倏地背過身去，轉眼間便融入夜色之中，消失得無影無蹤。

那人身穿無袖忍裝，全身纏繞鎖鍊，模樣甚是古怪。

三章 真庭鳳凰

■ ■

校倉必說他的提議對幕府沒有壞處，原來便是此意。

七花與校倉比武，若是得勝，便能如咎女所願，得到賊刀「鎧」並安全離開此地；雖然與咎女的計畫略有出入，但整體上大同小異，只差得在對手的擂臺大盆上比試，較為棘手罷了。

然而，即便七花於大盆落敗，校倉獲勝，咎女亦無損失——這便是校倉的說法。

不，他說得更為露骨。

「我贏了，反而有利於妳。」

虛刀流第七代掌門人鑢七花乃是咎女雇來集刀的幫手，只許勝不許敗。

若是一輸，七花便得捲鋪蓋走人。

校倉說道，又得意洋洋地指著自己。

「就算少了他，妳也不吃虧。因為妳成了我的女人以後，他的差事自然由我來接手。」

接手咎女的保鏢工作。

「我能做的事可比保鏢多著呢！從剛才一番話，妳也該瞭解鎧海賊團的消息有多麼靈通吧？論集刀，沒人比我派得上用場。」

校倉無意歸順幕府。

不過為了心愛的女人效力，可是身為男兒的一大樂事。

「老實說，我說想和日本第一高手比劃，其實只是個冠冕堂皇的藉口罷了。起初我聽說有人來打四季崎記紀完成形變體刀的主意，本來只想著要把他們殺得片甲不留，不過見到妳之後便改變主意啦！我可是誠心誠意地想幫妳。交給我辦，剩下七把一轉眼便能全到手啦！」

校倉大言不慚地說道。

「說歸說，這把賊刀『鎧』可不能出讓。不過只要妳當我的女人，這把刀便等於是妳的東西，我只是借用而已。借來用用總無妨吧？反正日本雖大，體格足以穿上賊刀的也只有我校倉必一人而已。」

咎女仍未答話，校倉又補上了最後一句。

「咎女，妳是個聰明人，定能明白這個提議多麼有利於妳吧？」

■　■

翌日。

咎女與七花在客房之內相對而立。咎女身著外出時穿戴的錦衣華服（咎女衣飾甚多，一路上幾乎未曾重複穿戴過；當然，替她扛行李的乃是七花），雙手盤於腦後，雙足並立，直立不動，神色略微緊張；而七花則位於咎女正前方，沉腰縮身，雙足朝向身側，上半身大力扭轉，整個背部幾乎正對著咎女。

七花單手握拳，由咎女看來，是位於前方的那一手；而另一手則五指大開，包住了拳頭。

這正是虛刀流第四式「朝顏」。

「——呼！」

七花維持這個姿勢片刻，突然身形一動，上半身一氣轉回，雙足卻依然朝向身側，拳頭如砲彈一般朝咎女的腹部飛去。這招與對上敦賀迷彩時所使的第一絕招「鏡花水月」頗為相似，不過這記握拳的絕招卻是——

「第四絕招——『柳綠花紅』！」

拳頭正中咎女的腰帶。

七花的拳勢並未使老，身體雖然順勢往反方向滑去，拳頭卻文風不動地停在腰帶之上；但那拳頭可不是輕觸輒止，而是結結實實地打在腰帶正中央。

然而拳頭看來不過是停在腰帶之上，毫無勁力；咎女也未有任何反應，只是冷汗直冒，倒抽了一口氣。

「……成功了嗎？」

「不知道……我得看過才明白。」

七花詢問，咎女便鬆開盤於腦後的雙手，直接探入背後的腰帶結，取出放在其中的手鏡。她的身子骨倒是出奇的柔軟。

「嗯……如爾所見。」

咎女將手鏡拿給七花看。

鏡面已然龜裂，手把也扭曲歪斜。

「無可挑剔。只不過這面鏡子挺貴的，有點兒可惜……也罷。」

七花的姿勢一直未變，拳頭依舊黏在咎女的腰帶上，直到聽了這話才放心打直了身子。他原本蹲得比咎女還低矮，這會兒一下子便追過了咎女。

「這招『柳綠花紅』若是對手沒穿護甲便沒效，平時派不上用場；不是我偷懶，實在是沒機會練習。對不住，還勞妳陪我練功。」

「區區小事何足掛齒？不過我實在不明白這個招數的原理。這招能隨爾心所欲，想傷何處便傷何處麼？」

「嗯，可以這麼說，無論是皮膚、筋骨或內臟，甚至是後心都沒問題。我爹曾說這個絕招的訣竅便在於衝擊的傳導……不過我是靠直覺出招。」

「直覺!?爾居然倚靠這種不牢靠的東西來打我的腹部!?」

咎女滿臉驚愕，要是事先知情，她根本不會幫忙。不愧是以弱如紙門自詡的女子。

不過方才七花並未傷及咎女這道紙門，便破壞了衣帶中的手鏡，或許咎女還褒獎虛刀流的絕招一番才是。

「唔……鏡子的碎片好像留在腰帶裡了，還是先解下來吧……七花，麻煩爾了。」

說著，咎女便轉向七花，舉起雙手。其實更衣這等小事咎女自己也做得來，但她最近都把這差事交給七花去辦。七花不諳此道，初時手忙腳亂，但幾次下來倒也熟能生巧，漸漸懂得衣飾穿戴之方。其實七花還有許多其他該學習之事，姑且按下不表。

七花開始解腰帶。

「………………」

他解開腰帶結之後，突然猛然一拉。

「哇!?」

腰帶被這麼一扯，咎女的身子便如陀螺一般猛打轉，雙腳一軟，倒在榻榻米上。

「爾做什麼！」

「不……我只是一時興起，捉弄妳一下。」

「爾是哪根筋不對勁了！被爾這麼粗手粗腳捉弄，誰受得了！」

咎女搖搖晃晃地起身，她的腰帶已然鬆開，變得衣冠不整，但她並未動手整理，看來這一轉把她轉得頭昏眼花了。

「真是的……爾的腦袋裡究竟在想什麼？」

「咎女。」

「唔？何事？」

「昨天那傢伙的提議，妳覺得如何？」

昨日咎女並未同意校倉必的提議，卻也沒當場拒絕。

她對校倉必如此說道。

「要我們明天便上場比試，未免太過倉促，我也需要時間考慮。不管是好提議或壞提議，過於倉促的事我是向來不信的。讓我考慮一天，明天晚上勞校倉兄再走一趟，到時我便會答覆。即便校倉兄要和七花決鬥，也是後天的事。」

咎女硬生生地結束談判，校倉也未再多留，只說了「我雜事纏身，只怕不克前來，明天晚上會派我的手下來聽答覆」，便離開了咎女等人投宿的客棧。

天明過後，又過了數刻鐘。

今天晚上便得答覆校倉。

「動腦是妳的差事，妳想了一整晚，應該有個答案了吧？」

「答案早在校倉來訪時便有了。昨晚我一夜無夢，睡得甚是香甜。」

七花掃了咎女一腿，咎女無從抵抗，又跌了一跤。

「爾做什麼！」

「……？呃，我也不大明白……」

七花亦是百思不解。

「就是突然便想捉弄妳……」

「爾這哪是捉弄，根本是動粗！爾方才踢了我一腳！」

「什麼話？妳平時還不是常打我？半斤八兩啦！」

「唔……爾居然一再頂撞我……」

七花的兩次舉動亦令咎女摸不著頭緒，只見她滿臉狐疑地再度起身。

「所以呢？妳的答案是？」

「不消說，他的提議是艘順風船，就算這兒不是港口也該搭。只不過輕易同意對手的提議，便失去了談判的意義，所以我才刻意緩了一緩。」

「……是嗎？」

「唔？爾有何不滿？該不會是怕了校倉吧！若是爾怕了他，又何須要我幫忙練絕招？」

「不，對於比武一事我並無不滿，管他是在大盆或別處，這一架橫豎是要打的。可是——」

七花支支吾吾。

「我說的是我落敗時的情況。」

「爾落敗時的情況？……套句校倉說過的話，未戰先擔憂落敗之事，未免太過懦弱。」

「不，我不是怕輸，只是想知道妳對這件事的看法。校倉必——他夠格當妳的保鏢嗎？」

咎女擔心七花又搞鬼，自行纏起了腰帶。她已有好幾個月未曾如此親力親為了。「哦，原來是這事啊！」她望著天花板，略微思索。

「嗯，他那番話來得突然，我也不知有幾分可信。說不定他提出此議，其實是另有目的。」

「哦！」

七花點頭。

「那倒是，海賊團船長怎麼可能去當幕府之人的保鏢？」

「不，這倒無可厚非。要論這一點，爾也是半斤八兩。虛刀流是被流放外島的罪人所屬的派門，別忘了這趟旅程的另一個目的，便是替令尊洗刷污名。」

「哦，這麼一提，是有這回事。我險些忘啦！」

七花裝瘋賣傻。

見了七花的態度，咎女更是狐疑，但仍續道。

「海賊之間的消息的確靈通。除了此地的賊刀『鎧』及已得手的完成形變體刀之外，所在地及持刀人兩者俱知的四季崎之刀只剩一把；要集齊十二把刀，情報乃是不可或缺之物。與其使用幕府之力，倒不如借助海賊的小道消息——」

七花動手扯了咎女的白髮一把。

他並未手下留情，一揪便是一大把頭髮。

「爾究竟在做什麼！」

「我也不明白……手自己就……」

「別隨便摸姑娘家的頭髮！」

「也不想想都摸過幾次了……」

有一陣子，為了幫助七花辨識咎女，七花每晚都將咎女的白髮纏繞在身上；現在集刀已有些時日，七花已能分辨咎女與他人的不同，因此這個儀式業已中止，但昨晚七花也還踩過咎女的白髮。

「呃，我的意思是，若妳這麼想，我和校倉便用不著決鬥了啊！」

「唔？」

「妳不是認為集刀時的決鬥能避便避，所以才堅持先談判？那我和校倉也別打了，直接請他幫忙集刀不就成了？保鏢也不必限於一個人啊！」

七花說道。

「可以請鎧海賊團在暗地裡幫手，而我和妳則明著集刀——」

「校倉不會接受的。他說想和日本第一高手比劃，固然不假；不過若他真看上了我，你對他而言便是個阻礙。」

「阻礙？」

「身為一個男人，豈願與其他男人共享自己的女人？」

校倉說他看上了咎女，要咎女跟了他；還說他對四季崎記紀的刀沒興趣，不願歸順幕府，但樂意為咎女集刀。

「……可是他的提議……還不壞吧？」

七花說起話來活像臼齒卡了東西一般不乾不脆，似乎口是心非。

「不，他提出此議不知有何企圖，不能相信。海賊說的話，豈能當真？」

「可是，咎女……」

七花說道。

「為愛所動之人總該信得過吧？」

昨晚校倉的一番話，便如七花於不承島上對咎女所言一般，是以七花心有戚戚焉，對比武之約心生猶豫。

「為財所動之人不可信，為名所動之人不可信，然而為愛所動之人倒是信得過——我的確說過這話。」

咎女張口，欲言又止。

冰雪聰明的她已發現七花為何一再捉弄自己；不，冰雪聰明如她，現在發現還算晚了。倒是七花本人似乎不明就裡，只是一時衝動才做了那些事。

「虧爾長得人高馬大，性情卻像個孩子一樣……」

「唔？什麼意思啊？」

「…………唉！我這麼問吧！若是校倉取代爾成了我的保鏢，爾作何感想？」

「假如他當了妳的保鏢，我會上哪兒去？」

「視比武結果而定，若是爾死了便沒下文，若是運氣好還活著——或許會回到七實守候的不承島吧！」

「這樣啊……」

聽了咎女之言，不善動腦的七花思索起來。

「這樣我可不大痛快。」

「不痛快麼？」

「是啊！不過要是妳覺得他比較有用處，那也沒辦法。反正替代我的人多的是嘛！」

「嗟了！」

咎女抓住機會，踩了七花一腳。

她這腳亦有報復七花數度捉弄之意，可是使盡了渾身的力氣。

這回是「嗟了」大放送。

「喂，我被踩到趾尖也會疼的！」

「爾……」

咎女無視七花的怨言（當然），說道。

「爾對我的執著，不過如此爾爾？」

「……？如此爾爾……」

七花不解咎女之意，咎女則咄咄相逼，只差沒揪住他的領口。

「聽好了，七花，我可是——」

話說到此時——

「客倌。」

紙門的彼端傳來了一道聲音。

那聲音與昨夜的相同，是這個客棧的小二。這次七花忙著與咎女爭論，竟沒發現店小二的腳步聲。

他們便像是被迎頭澆了盆冷水，不過咎女火氣甫起，這盆冷水澆得正是時候。

話說回來，店小二來做什麼？

校倉的手下晚上才會來聽咎女的答覆，但現在尚未到中午啊！

「何事？」

咎女朝著紙門反問。

「外頭有人留了封書信給客倌您。」

店小二答道。

「書信……？誰留的？」

聽店小二的口氣，似乎不是校倉必所留。果不其然，店小二回道。

「小的不認得那個人，只知道他是個長髮男子，身上穿著樣式古怪的忍裝。」

■　■

咎女與七花前往鎮外的草原赴約。

生著低矮青草的草原一望無際，容易被人窺見，忍者指定此處作為赴約地點，似乎不甚合宜；不過換個角度來想，此處地形空曠，無遮蔽之物，若是有人藏身於四周竊聽，定可立即發覺。

留書之人便在草原的正中央相候。

那人坐在大石之上，相貌看來頗為年輕，身形瘦長，一頭黑髮披垂而下，面無表情，眼光卻炯炯有神。

他身穿無袖忍裝，全身纏繞鎖鍊，煞是特異。

「…………」

那男子正吃著茶丸子。

他無視於前來的咎女與七花，默默地大快朵頤，但表情依舊未變。待他吃完，便將剩下的竹籤折為兩半，放入口中吞下。

接著，他轉向咎女等人，自大石上起身。

「吾乃真庭忍軍十二首領之一，真庭鳳凰。」

男子報上名號，打了個揖。

「吾曾辦過不少汝交辦的差事，不過這回倒是第一次拜見尊容，咎女姑娘——不，奇策士大人。」

「……嗯。」

咎女慎重地點了點頭。

她那模樣不似緊張，倒像是克制著怒意。咎女曾為真庭忍軍所叛，難免氣憤難平；但她此時的聲音低沉懾人，並非氣憤難平四字便足以解釋。

七花眼利，立刻便發現了咎女的反常。

這回是自真庭蝙蝠奪走絕刀以來，咎女頭一次與活生生的真庭忍軍之人相見。她在因幡砂漠見到真庭白鷺時，白鷺已是一具死屍；而真庭食鮫於三途神社出手偷襲七花之時，咎女亦不在場。

真庭鳳凰。

「我們確實是頭一次見面，不過你的大名我可是仰慕已久。真庭忍軍十二首領，真庭鳥組的統領，且是真庭忍軍實質上的頭兒，真庭鳳凰。」

「頭兒二字是言過其實了。真庭忍軍美其言是特立獨行，其實是行止古怪，落落寡合，才得由我這個脾性較為尋常之人來暫時統領。我不過是因為較諳世情，才接了這個燙手山芋。」

「…………」

咎女默默不語。

真庭忍軍與奇策士咎女及家鳴幕府之間的恩恩怨怨，其實七花也是所知無幾，不好插口置喙，只能不動聲色地窺探四周的動靜。看來對方並未事先埋下伏兵。

真庭忍軍首領有事與咎女相商。

店小二送來的書信之上，便只有短短的這句話。

「咎女，真庭鳥組是啥啊？」

「哦……我沒向爾提過。真庭忍軍十二首領為了方便起見，以三人為一組，分為真庭鳥組、真庭獸組、真庭魚組及真庭蟲組；真庭蝙蝠屬真庭獸組，真庭食鮫屬真庭魚組……而真庭白鷺與眼前的真庭鳳凰，則屬於真庭鳥組。」

「啊？與白鷺同組啊？」

「爾可別因此心生大意，七花。此人與真庭忍軍其餘十一名首領不可相提並論。」

鳳凰。

雖然同為鳥名，卻是真庭忍軍十二首領之中唯一不存在於現實之中的虛構動物——「神禽鳳凰」。

「汝等無須提防，至少現在不用。如同書信上所言，吾只是有事與奇策士大人相商。」

「你的話能信麼？」

咎女恨恨說道。

「也不想想我被你們害得多慘，為此去向多少人低聲下氣！」

「汝前來赴約，不就是願與吾共商大事之意嗎？」

「雖然我不願與真庭忍軍有所牽扯，不過既然知道了下落，便該下手剷除。你們只會阻礙我集刀，我豈能放過這個除掉你們的大好機會？」

「……一條手臂。」

聽了咎女之言，鳳凰舉起左臂說道。

「若是汝肯聽吾把話說完，吾便自斷左臂。」

「…………!?」

「只須聽吾把話說完，便可得到真庭忍軍十二首領……且為汝口中所稱的真庭忍軍真正頭兒的一條手臂。至於同不同意吾的提議，待汝聽過之後自行判斷即可。只要汝聽吾把話說完，便能換來一條手臂，如何？」

「什、什麼？」

咎女的驚疑不定也感染了七花。七花全然不明白鳳凰有何打算；別的不說，這人根本未攜帶兵刃，要如何砍下自己的手臂？

鳳凰不待咎女回答，右手便做手刀之形，高高舉起，朝著自己的左肩口砍落。

手刀。

不錯，正如虛刀流的招式一般——不過！

那手刀卻將鳳凰的左臂連根砍斷！

「什麼……！」

「咦、咦！」

虛刀流號稱將肢體化為一把日本刀，但實際上手刀與腳刀並不若刀刃一般鋒利，不過是擬刀之形罷了。然而真庭鳳凰的手刀卻真能砍斷自己的身體。

咎女與七花不約而同地懷疑起自己的眼睛。

鳳凰淡然以鎖鍊捆緊血如泉湧的傷口止血，神色絲毫未變，宛若未曾感到痛楚一般——即便他感到痛楚，旁人也決計察覺不出。

鳳凰的左臂掉落地面。

那手臂宛如尚有生命似地抽搐，但不久後便停止了。這條左臂曾是鳳凰的一部分，但他絲毫不感興趣，只是一臉平靜地看著咎女。

「如汝所見，若是汝希望，吾甚至可連右臂一併砍斷。如何？」

「唔……」

咎女吞了口氣，勉強克制聲音中的情感，答道。

「好，我就聽聽你的說法。不過七花也得在場，行麼？」

「無妨。汝便是虛刀流第七代掌門人鑢七花？蝙蝠與白鷺……還有食鮫受汝關照了。」

「你還真清楚啊！」

「嚴格說來……」

七花本想說明白鷺與食鮫並非死於他之手，但咎女卻對他使了個眼色，教他閉上嘴巴。咎女似乎想把殺了那兩人的功勞（真庭白鷺為宇練銀閣所殺，而真庭食鮫乃是死於敦賀迷彩之手）套到七花的頭上。

或許咎女認為這麼說較有利於「談判」吧！

「……真庭蝴蝶、真庭蜜蜂與真庭螳螂等真庭蟲組三人也失去音訊，莫非亦是奇策士大人所為？」

「嗯？不，這事我全不知情。」

真庭蟲組三人，咎女自然識得。

聽鳳凰的語氣，可知蝴蝶、蜜蜂與螳螂三人下落不明，似乎於集刀之時丟了性命；不過要把這三條人命也攬到七花頭上，畢竟太過牽強，因此咎女便老實回答了。

……滅了真庭蟲組的便是鑢七花的親生姊姊，鑢家家長鑢七實之事，目前在場之人皆不知情。

「是嗎？」

真庭鳳凰並未繼續追問，頓了片刻之後又說道。

「無論如何，真庭忍軍十二首領在短短半年之間已折了半數；事到如今，不得不承認出手蒐集四季崎記紀變體刀乃是輕率之舉。背叛奇策士大人——」

「……………」

「或許是個錯誤的選擇。」

鳳凰一面窺探咎女的反應，一面說道。

他似乎早已忘記自斷左臂之事，眼神堅定不移卻又淡漠。

「唉！真庭里窮困潦倒，原本便無可選擇。如今真庭忍軍是騎虎難下，只得靠剩下的六人成事了。」

「……你以為你們成得了事？以為我會讓你們稱心如意麼？」

「想來是不會。變體刀的主人——以賊刀『鎧』而言，便是校倉必——汝等，以及吾等，在這三足鼎立的狀態之下集刀，困難重重；因此吾有個提議。奇策士大人，何不暫且與真庭忍軍結盟？」

「結——結盟？」

七花大吃一驚，而聽在咎女耳中，鳳凰的提議更是荒天下之大謬。真庭忍軍早已與咎女恩斷義絕，如今竟然還敢厚著臉皮提議結盟？

「你特地到九州來，就是為了侮辱我麼？」

「非也，吾只是避免無謂的爭端而已。若是結盟二字不中聽，換成暫時休兵也行。奇策士大人可專心集刀，真庭忍軍亦可專心集刀，彼此不互相攻擊，避免無謂的爭鬥。」

「若連你我都能相安無事，天下可就太平啦！我們要的是同一樣東西，碰上了自然少不了一場惡戰。」

「奇策士大人與真庭忍軍表面上要的是同一樣東西，其實略有不同。汝等的目的是集齊十二把四季崎記紀的完成形變體刀，吾等卻是只要集得兩、三把便可。當然，量越多自是越好，卻也無須全數集齊。」

「……所以呢？」

「所以避免爭端並非不可行，只須錯開汝等與吾等的集刀路線即可。」

「你的意思是——避免碰頭？」

「不錯。」

「…………」

咎女瞪著鳳凰，暗自尋思。

套句校倉必昨晚的說法，這倒是個好提議。真庭忍軍已失去三名首領——若鳳凰所言屬實，則是六名——減少敵人乃是當務之急；而於咎女等人而言，集刀時不受真庭忍軍阻撓，確是極為有利之事。

然而，這個提議並非有利無害。

真庭忍軍不阻撓咎女等人集刀，咎女等人也不能妨礙真庭忍軍集刀；如此一來，定會有幾把刀落入真庭忍軍手上。

不過——

仔細一想，扣除賊刀「鎧」不算，咎女如今得知下落且尚未到手的完成形變體刀只剩一把；剩下六把究竟位於日本何處，尚不得而知。雖然不是全無線索，但要查出下落總是得費一番工夫。

既然如此，不如將這些下落不明的刀交給真庭忍軍處置，專心去奪剩下一把。結盟是決計不能，不過暫時休兵倒還可行。暫時靜觀真庭忍軍的動向，也算得上是條奇策。

縱使真庭忍軍奪不到那些刀亦無妨，不過是維持原狀而已。不，便如咎女記取舊將軍的教訓一般，她亦可以真庭忍軍的失敗為鑑，集刀時必能更加得心應手。

若是真庭忍軍成功奪得那些刀，更是再好不過；咎女只須在真庭忍軍銷聲匿跡之前將刀奪來，最後的結果仍是一樣。原本下落不明的刀全都有了著落，咎女等人反而還占了便宜！

「…………」

咎女身上散發的邪氣教七花不寒而慄。話說回來，提出此議的真庭鳳凰可也不是個瞻前不顧後的莽夫；咎女可以坐收漁翁之利，真庭忍軍自然也能待她與七花集得變體刀之後再一舉奪來。

集得兩、三把便可——這只是鳳凰為了引咎女妥協所用的花言巧語，不可上當。

真庭忍軍的貪婪程度不遜於山賊與海賊，沒集齊十二把四季崎記紀的完成形變體刀，絕不可能罷休。

既然雙方目的相同，最後勢必得硬碰硬。

——看來得找個時間確認先前送回尾張的變體刀是否安然無恙……

咎女暗自想道。

「當然——」

鳳凰說道。

「若是這回的談判破裂，吾便得在此與汝等交手……這並非吾所願。」

「……」

「想必汝等亦不願與吾在此大打出手，搞砸了得到賊刀『鎧』的大好機會吧！」

「你這是威脅我？」

「不，還不是威脅。」

鳳凰的語氣平靜，不帶半絲紊亂。

咎女曾言，不管是好提議或壞提議，過於倉促的事她向來不信，然而現在她卻得馬上答覆。

若是拒絕，便得立刻開打。

真庭鳳凰對鑢七花。

咎女不知鳳凰武功如何；他方才自斷左臂，只教咎女覺得可怕，完全不覺得占了便宜。

既然如此，此時還是——

「……雙刀『鎚』。」

「唔？」

「這是我知悉下落的最後一把刀，所以下一步必是去奪此刀。只要你們別打這把刀的主意，我們就不會碰頭。」

「汝答應結盟了？」

「不是結盟，是暫時休兵。」

「……此乃真庭忍軍之幸。」

鳳凰這話是否出於真心，不得而知；他說完這話後，又道了聲多謝。

「汝說的雙刀『鎚』位於何處？」

「我沒義務告訴你，你也別想套話。誰知道你們會不會趁著我們奪賊刀時偷偷下手？」

「確實，吾求的只是奇策士大人的一句承諾，這個問題是多問了。有了汝的承諾，吾便能與真庭忍軍的其他首領商量。或許汝也知道，真庭忍軍為了提振士氣，各個首領也在爭相集刀；這個主意雖是吾提出的，但吾打算停止。如今折了一半人數，競爭也無甚意義了……對了，奇策士大人。為了答謝汝答應吾的要求，吾願意提供個情報給汝。」

「情報？」

「信不信任君判斷。陸奧的死靈山、出羽的天童，還有江戶——這三個地方似乎有四季崎記紀的完成形變體刀，是哪幾把刀還不清楚，不過就算其中一把便是雙刀，也還有剩餘的兩把。」

「……陸奧、出羽還有江戶——江戶麼？」

為了答謝而透露這些多消息，未免太慷慨了。咎女所知的雙刀「鎚」，乃是位於陸奧對岸的蝦夷；換句話說，這麼一來便得知另外三把刀的下落了。

前提是鳳凰所言屬實。

不過，他也沒理由說謊。

「吾所知的只有這三把刀。這不算什麼，待眾首領會合之後，真庭忍軍便會著手去找其餘三把；這麼一來，汝等與吾等便不會發生衝突。」

「確實不會。不過……」

「怎麼？汝面露不滿之色，莫非是嫌情報太少？」

咎女並非不滿，而是懷疑。

然而鳳凰見狀，竟打算提供更多消息；如此慷慨，直教咎女發毛。他鐵定別有企圖。

不過，咎女的狐疑卻被鳳凰的下一句話給吹得煙消雲散。

「聽說否定姬已在尾張展開行動了。」

「…………什麼！」

咎女的驚愕之情溢於言表。七花不知鳳凰所言何意，反倒是為咎女的驚愕而驚訝。

否定姬……？

過去七花從未聽過這個名號，咎女應該未曾提過。

咎女追問鳳凰。

「怎麼可能！我不是已經打發那婆娘了麼？」

「是啊！當時真庭忍軍也幫了一手。看來她是趁奇策士大人離開尾張之時重整旗鼓了。」

「……呿！」

咎女蹙眉，露骨地彈了下舌頭。

「無論我怎麼整治她，她還是照樣爬起來，真是個乖張的婆娘！我還以為這次定能永絕後患呢！」

「這話若是讓否定姬聽見了，只怕要說奇策士大人是五十步笑百步吧！」

見咎女氣得咬牙跺腳，真庭鳳凰覺得好笑，表情略緩。

「那婆娘有何行動？鳳凰。」

「這吾便不知了。不過，出手集刀的人若是再增，對咱們彼此都是個麻煩。真庭忍軍不想插手幕府的內鬥，奉勸汝趁早設法解決。」

「……我也得向你道聲謝。」

咎女略微冷靜下來，對鳳凰道。

「眼下我暫且信任你們，不過你我仍是敵人。不管是故意或偶然，只要你們違反約定，在集刀之時與我們撞上了——我定會毫不遲疑地用我的刀殺了你們。」

「吾自有分寸。後會有期。」

真庭鳳凰達成目的，並不等咎女回話，也不拾起砍斷的手臂，便毫不留戀地旋踵離去。

七花迫不及待，張口便要問咎女否定姬是何方神聖。由方才的一番話聽來，否定姬與咎女似乎同為幕府之人。

然而七花尚未問出口，便被停步回首的鳳凰打斷了。

「對了，還有一件事。奇策士大人，汝似乎常口稱『嗟了』，對部下拳打腳踢；聽蝙蝠提起此事時，吾早覺得奇怪，來到薩摩以後才明白怪在何處。汝該說『嗟嗖』才對。」

■

■

「天啊啊啊啊啊啊啊啊啊啊啊啊啊啊啊啊啊啊啊啊啊！」

家鳴幕府預奉所軍所總監督咎女拔足疾奔。

她用盡全力，使出全速，用上了吃奶的力氣拔足疾奔。

咎女乃是以不習武藝為傲的奇策士，肌力與腳力都與尋常人無異，甚或不如尋常人；但她仍用盡吃奶的力氣，甚至連力氣以外的氣力都用上了，在草原之上不住地狂奔。

真庭鳳凰轉眼間被遠遠拋在腦後。

「『嗟了』是外國話，意思是『後會有期』。」

鳳凰接下來的這句寶貴情報，不知可有傳入她的耳中？

她一身錦衣華服變得凌亂不堪，一頭醒目的白髮亦是散亂無章；她漫無目的，不管三七二十一地一路狂奔，只求離開此地。

「天啊啊啊啊啊啊啊啊啊！不不不不不不不不！這是誤會！是誤會！」

她大吼，吼聲淒絕，令聞者不由心神撼動。

「且慢且慢且慢！讓我想想！」

逃的人是咎女，要誰且慢？

真的想叫且慢的，是在咎女身後追趕的隨從鑢七花。七花素來自負於腳力，可現在的咎女健步如飛，快得讓他不禁瞠目結舌。

當然，七花晚了片刻才追來，也是原因之一。

他不知該不該將真庭鳳凰留在原地，是以猶豫了片刻；待鳳凰勸他追趕，他才隨後跟上。

確實，若是放著咎女不管，只怕她會去投海自盡。

指正她錯誤的偏偏是真庭忍軍之人，更是增添了她的恥辱。

「不，不，且慢！聽我說！不是的——不是的！」

那淒絕的叫聲依然持續著。

咎女一閉上眼，浮現的便是三個月前她與七花在因幡砂漠時的對話。當時七花詢問咎女何謂「嗟了」，而咎女如此回答。

——那是我的口頭禪。

當然，七花又問了意義為何。

——聽來不像日本話。

而咎女得意洋洋地回道。

——唉！離島長大的人果然無知。

——這可是不折不扣的日本話啊！

——「嗟了」是九州薩摩藩一帶流行的吆喝聲。

當時咎女還說。

——沒錯。

——極能彰顯我的特色。

「這是哪門子的特色啊啊啊啊啊！」

咎女對三個月前的自己反脣相譏。

羞恥心畢竟無法彌補基礎體力上的差距，七花終於追上了咎女。雖然七花伸手便可觸及咎女，卻不知該如何應對，遲疑不決。

「喂，咎女——」

「別跟我說話！」

咎女怒吼。

「我不是白痴，絕不是！我沒丟臉，決計沒丟臉！我沒搞錯！搞、搞搞、搞錯的是他！」

她居然把錯推到真庭鳳凰頭上。

但她畢竟心裡有數，嘴上這麼說，腳下仍未停止疾奔，臉龐紅得幾欲噴火，渾身是汗。

七花暗想，與其從後追趕，不如繞到前頭截住咎女，便一口氣追過她。

「嗚呼！」

咎女幾乎是閉著眼睛奔跑，是以這條計策立即便奏了效。七花抱住了咎女，但咎女的疾奔之勢比預料中來得猛烈，竟硬生生撞倒七花，整個人就這麼騎在七花身上。

「嗚，嗚嗚，嗚嗚嗚——」

教人驚訝的是，奇策士咎女居然嚎啕大哭起來。

她也不怕羞，咬緊了牙關，眼淚撲簌簌地直掉。

「嗚，咯……嗚哇哇哇哇哇哇哇哇哇哇哇！」

「這、這犯得著哭嗎？」

「不是！才不是呢！」

咎女連說話都變得幼稚起來。

她雙手握拳，砰砰砰地搥打七花出氣，但七花並未格開她的拳頭。一來是咎女的拳頭不痛不癢，但最大的原因卻是那凶神惡煞的表情教七花完全愣住了。

「七、七花！」

「是、是……！」

「七花、七花、七花、七花！」

「是、是、是、是……！」

「爾應該懂吧？我並沒誤會！並沒弄錯！」

「呃、呃——」

「我只是碰巧……碰巧……不，我是故意的！」

「故、故意的……？」

七花又驚又怕。

被一個一把鼻涕、一把眼淚的女子騎在身上又搥又打，有哪個男人不怕？

「對，故意的！爾、爾以為我是誰？我可是家鳴幕府預奉所軍所總監督奇策士咎女！運籌帷幄之中，決勝千里之外的智多星！怎麼可能不知道『嗟了』為外國傳來的說法！」

「哦，哦——那麼咎女姑娘為何故意那麼說……？」

「這是因為！」

咎女不待七花說完，便高聲打斷他；但她出了聲，卻沒想出個道理來辯駁。用故意二字來給自己找臺階下固然是個方法，但要找出故意將「嗟嗖」說成「嗟了」的理由，可就沒那麼簡單了。

「啊！囉唆！快把爾的記憶消除！快忘掉快忘掉快忘掉！」

「呃，這未免太強人所難了——」

「七花！爾不覺得丟臉麼！」

這會兒咎女又把自己的醜事也算上別人一份，真是差勁至極。

「咦？我幹嘛覺得丟臉？」

「爾想想，這一路上我打爾時喊過幾回……不，幾十回的『嗟了』？數都數不清！」

「呃，嗯，沒錯。」

「看見的人一定這麼想！『那個白髮女子何以一面道別，一面打人？』從前倒也罷了，問題是來到薩摩以後！比如昨晚，校倉看見我口喊『嗟了』，動手打爾之時，作何感想？」

「對啊……來到薩摩以後，妳的確是『嗟了』大放送……」

咎女錯以為薩摩為「嗟了」一詞的發祥地，因此來到此地以後更是變本加厲地掛在嘴邊。所謂自作聰明，便是在形容這種情形。

她在校倉面前不知說了幾回……？

「他鐵定認為我是個白痴！心裡覺得我蠢笨至極，嘴上卻不說！天下間還

有比這更為屈辱之事麼！」

「呃，這道理我懂……可是為什麼連我都得覺得丟臉……？」

「說的人是固然我，但爾也一樣不知道吆喝聲是『嗟嗖』而非『嗟了』啊！」

「不，其實我知道。」

「嗟嗖！」

咎女的直拳不偏不倚地正中七花的顏面，這可說是她有史以來最漂亮的一拳。

■　■

咎女二人離去之後，真庭鳳凰依舊留在原地；只是身邊多了三名壯漢包圍著他，顯然是敵非友。

那三個漢子對著未攜兵刃的真庭鳳凰舉起刀劍，殺氣騰騰。

真庭鳳凰瞥了三人一眼。

這三人乃是鎧海賊團團員。咎女於客棧中接到書信，書信上寫明在草原相候；留書者為鳳凰本人，但鳳凰卻將書信交給了客棧小二——交給了鎧海賊團旗下的溫泉客棧小二。

咎女等人是船長校倉必曾隻身前來拜訪的貴客，要交給這等貴客的書信，店小二自然會先檢查一遍，而檢查過後當然會稟報鎧海賊團。

因此，奇策士與真庭忍軍首領會面的過程全被看得一清二楚。

當然，鳳凰便是為了提防有人竊聽，才選在草原會面；因此這三名大漢只能從遠處觀視，聽不見談話內容。待七花與咎女離去之後，他們才現身。

「——方才你與他們說了什麼話，乖乖招出來吧！」

其中一名大漢說道。

然而鳳凰無視於他，只是喃喃自語。

「沒想到引來的竟是些嘍囉。」

聽鳳凰的語氣，他與咎女達成協議，離去之前又指正咎女之誤，似乎便是為了讓七花與咎女離開此地，以獨自應付這三人。

「也罷，正好手臂也該換了——只要能撐一陣子便可，用誰的都一樣。」

「啊？渾小子，你說什麼——」

「汝等運氣很好，能死在吾忍法之下的人並不多——」

說道，真庭鳳凰的右手成手刀之形。

「——忍法斷罪圓。」

四章 柳綠花紅

■ ■

翌日，鎧海賊團船長，同時亦是賊刀「鎧」之主的校倉必與虛刀流第七代掌門鑢七花便在濁音鎮中舉行比武大會，會場即是大盆。這場勝負乃是以真刀對決的生死鬥，然而仔細一想，校倉所用的為仿造西洋盔甲而鑄的古怪日本刀，鑢七花則是不用刀劍的劍客，要說是真刀對決著實有點兒牽強，可生死鬥還是生死鬥。由於這場比試是以鎧海賊團的象徵賊刀「鎧」及地頭蛇校倉一見鍾情的神祕白髮女子為賭注，鎮上百姓幾乎全丟下了手邊的活兒，圍到了大盆柵欄之外觀戰，熱鬥程度遠超過剛劍大漢連勝五人之時。

校倉將生意人的手腕發揮得淋漓盡致。

只不過，事情與他的計畫略有出入。

名義上為挑戰者的七花，須得在觀眾面前做做樣子，先勝過三名鎧海賊團的好手，方能與校倉必交戰；但那三名好手卻在今早被人發現陳屍於鎮外的草原之上。

三人皆亡，無一倖免。

不知凶手使的是何種兵器，三人被砍得遍體鱗傷。

更奇妙的是，其中一名大漢的左臂不見蹤影，無論如何搜索四周都找不到，反而是有另一條不知何人的左手臂被人丟在三名大漢陳屍的不遠之處。

「左手臂——」

聽了客棧小二的說法，七花直覺地便明白了，而咎女更是不消說，只見她咬牙切齒地喃喃說道。

「忍者……」

真庭鳳凰——忍者。

以卑鄙及卑劣為招牌。

談判時耍詐，自是理所當然。

「換句話說……他把別人的手臂拿來用了……？」

「……我很想一口否定，不過對方可是身經百戰的忍者，而且還是真庭忍軍真庭鳥組的真庭鳳凰——不能以常理論斷。」

「不過，與其把別人的手臂接在自己身上，還不如把自己砍下的手臂接回去。他為何扔下自己的手臂？」

「我怎麼知道？」咎女悻悻然地說道。

唯一可以確定的是，這一定與忍法有關；既然事關忍法，咎女便是想破了腦袋也想不出個答案來，只能暫且擱下不管。

最令咎女憤慨的便是真庭鳳凰這麼一攪局，反而增添了七花的勝算。大盆比武的消息早在昨夜咎女答應出賽之時便已公告鎮上，不能中止或延期；事到如今，又豈能因前賽無法舉辦而取消大紅人上場的主賽？

可是一時之間卻又找不到代為上陣的人選。

鎧海賊團雖有其他成員，身懷武功的卻只有被剛劍大漢擊敗的五人及陳屍草原的三人，合計八人。

這八人便是鎧海賊團的精銳之士。

那三人乃是前去竊聽咎女與留書人密談之時被殺，外界難免疑心到咎女二人頭上，但校倉卻把事情給壓了下來。咎女推測，這是因為校倉也不好坦承他曾派人跟蹤。咎女的推測雖然無法證實，但十之八九是錯不了。

校倉要求七花先勝三人，乃是為了面子；如今發生意外無法比試，並不會損及校倉的顏面。

只要能擊敗咎女的隨從七花，其餘之事校倉並不計較。

如此這般，大盆比武大會開鑼了。

沒有任何前賽製造高潮，直接進行主賽。

「…………」

七花上身赤膊，下身著寬口褲，除去左右手上的護臂，脫去草鞋，赤腳上陣。他一上場便先檢查場地，只見大盆之中鋪滿了砂，對於自小在無人島海邊練武的他而言，這場地倒不差。

七花又望著正面的對手。

接下來將與自己交手的校倉必。

校倉身穿密不透風的全身甲，不但有號稱天下無雙的防禦力，還有更勝七花的巨大軀體。

「我話說在前頭，虛刀流掌門。」校倉粗著嗓子，對凝視自己的七花說道。「我這個人一動上了手，便無法手下留情，你就是不死也會去掉半條命。不過這麼一來，我的心上人可免不了難過傷心。畢竟你們長期以來一道旅行，總會有些情分。」

校倉繼續說道。

「雖然我也很想和日本第一高手過招，不過只要你在開打之後立刻認輸，便可以毫髮無傷地離開這個比武場。虛刀流掌門，你還年輕，犯不著在這種地方埋葬自己的才能。」

「…………」

七花想起前天校倉與剛劍大漢交手時，也是在開打之後說了不少話語來挑釁踟躕不前的對手。換句話說，現在校倉又故技重施，說話來挑釁自己。

校倉再怎麼對賊刀「鎧」自信滿滿，也該知道這場比試絕不輕鬆。

不死也半條命？

七花並未因校倉這句話而動搖心神，反倒想起了另一件事。

他的視線離開了校倉，轉向在大盆欄外特等席上觀戰的奇策士咎女。

白髮。

咎女的白髮在人群之中確實醒目，便如同誤入鴉群的天鵝一般；只不過七花與咎女相處時日久，見怪不怪罷了（或該說七花從不覺得咎女的白髮奇異）。

難怪校倉會注意到咎女。

「七花，這次的比試——」

比試開始之前，咎女曾對七花說道。

「爾試著不殺校倉，也不令他身負重傷而取勝。」

「……咦？」

七花聞言，楞了一愣。

「什麼意思？妳要我手下留情？這可是生死鬥啊！」

「我並非是要強人所難，只是爾不妨想想，保證我們平安無事的人是校倉，若是爾殺了他，不光是我們的安全，就連交出賊刀『鎧』一事，也難保他的手下不會翻臉不認帳。」

咎女說道。

「眼下是萬事俱全，只欠東風。七花，爾與校倉必在眾目睽睽之下決鬥，整個鎮上的百姓都是公證人，只要爾得勝，校倉勢必得信守承諾；他是這兒的地頭蛇，不能自墮威信。可這也得校倉活著才成。」

「……嗯，說得也是。」

其實七花似懂非懂，不過咎女這個軍師都這麼說了，他也只得乖乖點頭。

咎女命令七花手下留情，固然是出於方才所說的一番道理，但其實還有一個更為重要的理由；只不過這個理由告訴七花本人並無意義。

不可殺人的狀況。

咎女認為這是個很好的實驗。

事關自己能否全身而退，咎女卻敢在這種關頭賭上一把，說來也是她膽識過人之處。她這種做法，與大盆的賭博式比武倒是有異曲同工之妙。

然而七花聽了咎女的一席話，感想卻截然不同。

站在他的立場，他不得不這麼想。

這可是生死鬥，居然要我手下留情，根本是強人所難。若是對手武功平平倒也罷了，我可是頭一次與個頭大過我的人交手啊！

咎女該不會是覺得我輸了也無妨吧……？

就算她沒希望我輸，說不定便像校倉前晚所說的一般，覺得誰輸誰贏都對自己無害。

的確，倘若校倉的武功高過七花，證明他比七花還夠格當保鏢，七花便失去存在的意義了。

派不上用場的刀沒有意義。

刀只是工具，無須對工具抱持任何情感。

對工具有所眷戀乃是愚蠢至極的行為，因此虛刀流開山祖師鑢一根才會一不做、二不休，棄絕了刀劍。

找到了更鋒利的刀，換來使用乃是天經地義之事。

「喂，別看別處啊！」校倉調侃道。「別淨盯著我的女人瞧！」

「…………」

「哦？總算轉過來啦？哈哈哈！看來你是不會認輸啦！也好。前賽打不成了，你可得設法替比試多添一點兒看頭啊！讓鎮上的百姓瞧瞧你擊敗錆白兵的功夫。」

「……用不著你說，我也會這麼做。不過屆時只怕你已被大卸八塊。」

七花說道，擺出了起手式。

他用的並不是虛刀流第四式「朝顏」，卻是第七式「杜若」。

這招便是對上下酷城城主宇練銀閣時所用的起手式，能將虛刀流的步法運用得靈活自如。

校倉也擺出了起手式，紮馬沉腰，以靜制動；無論七花如何進招，他都能隨機應變。

「預備——」公證人喝道。

觀眾轟然鼓譟，他們的歡呼聲幾乎……不，全都是衝著校倉必來的。若是在這種狀況下殺了校倉，後果確實不堪設想；尤其是身在觀眾之中的咎女，下場只怕真會如紙門一般破零二落。

場地雖然不差，卻極不適合比武。

不過，這些都無關緊要。

我只是一把刀。

「——動手！」

一擊決勝負！

對手的體格遠勝於自己，若是久戰，不利於不知如何應對高大敵手的七花，因此得在開打之後立即進攻！

七花打定主意，使出了「杜若」。

他從第一步便已使上全速，一口氣欺到校倉身前。看在不諳武功的觀眾眼裡，七花的速度便如瞬間移動；由校倉本人看來，亦是快得看不清。

校倉想以靜制動，但面對迅如疾風的動作，又該如何應對？欲將重量轉換為速度，也得先助跑一陣才行。賊刀「鎧」便如秤錘，只有加重的作用。

待校倉猛省之時，七花已鑽入他的懷中。

此時七花變招，雙足朝向身側，上半身大力扭轉——不錯，正是虛刀流第四式「朝顏」，七個起手式中唯一握拳的一式。

「我會讓你見識我的功夫，不過可沒打算替你增添看頭，一瞬間便要分出勝負！」

七花說道，背對校倉的身體連著拳頭迴旋，攻向校倉！

「虛刀流——『柳綠花紅』！」

七花不給校倉以臂護身的機會。

不，即便校倉以臂護身，也決計不能抵擋或卸去「柳綠花紅」的勁道！

就理論上而言，這招「柳綠花紅」甚至可攻擊身在地球另一端之人！

七花的拳頭正中賊刀「鎧」的胸口部位。他的上半身順勢轉了一百八十度，但拳頭卻緊緊黏在擊中的部位之上。

拳勁將貫穿賊刀「鎧」，打傷鎧甲之內的校倉！

虛刀流的絕招能穿透任何屏障，隨七花所欲，傷及任何部位。此時七花瞄準了校倉的肺，只要攻擊他的呼吸器官，便能不造成致命傷而制服校倉。然而——

「……這招是什麼來頭？」

一道啼笑皆非的聲音從七花的頭頂上傳來。

七花還是頭一次聽見從頭頂上傳來的聲音。

校倉大臂一揮，欲將七花的身子硬生生地撈起。

「唔……！」

第四式「朝顏」變招為「柳綠花紅」之後，姿勢並不適合移動；然而七花卻靠著天生的靈敏反應勉強閃過這招——不，校倉的手臂稍微掠過了他的頭髮。七花一個側翻，在砂地上打了個滾，與校倉拉開距離。

七花以為自己拉開了距離，沒想到校倉又緊接著進攻。

「後如——」

校倉連人帶甲衝撞七花。鎧甲之上四處嵌了利刃，衝撞威力如何早在前天的大盆便已證明。七花又一個側翻，避開了校倉的攻勢。

將重量轉為速度的代價即是不能轉換方向，校倉便這麼順勢倒在七花原先的位置上。與人交手時正面倒地，往往有性命之虞；但校倉身著賊刀「鎧」，便免了這層顧慮。

「……哈哈哈！」

校倉優哉游哉地起身，彷彿歡迎七花隨時進攻。

七花見狀卻束手無策，即便想進攻也一籌莫展，只能擺出第一式「鈴蘭」虛張聲勢。「鈴蘭」乃是誘敵進攻用的起手式，拿來對付一個挺身衝撞的人並無意義；這點兒道理七花自然也懂，但他卻只能出此下策。

「為什麼——為什麼你還能動？我明明打中了啊！」

「唔？哦，原來你剛才那招能穿甲？哈，原來虛刀流也有這種招數。」

校倉得意洋洋地說道。

「賊刀『鎧』還真是教人瞧扁了。四季崎記紀可是以防守為重點，打造了這把防禦力天下無雙的日本刀——很可惜，穿甲招數對這件鎧甲不管用。」

■■

回想場景校倉必篇。

校倉在奇策士咎女面前自稱是土生土長的薩摩人、不折不扣的九州男兒，其實乃是謊言。他是出生於這個時代仍為外邦的琉球國。

琉球國乃是東南亞貿易的轉運點，靠著貿易的利潤而繁榮；校倉必便是出生於該國的某個漁村之中。校倉二字乃是他日後自行起的姓氏，孩提時代人在琉球時，別人只叫他「阿必」。

他的父親是個漁夫。

漁村之人出生漁家並不稀奇，事實上，孩提時代的校倉便是個再尋常不過的孩子，唯一的不同之處便是常煩惱自己的身材比其他孩子們矮上一截，以及過於愛護小了自己五歲的妹妹「阿心」而已。

他以為自己將來會和父親一樣成為漁夫，與村裡的姑娘成親生子；至於妹妹則會嫁到別人家去，總之是不會離開村子。

「阿必」一直理所當然地這麼想，他以為這種生活會持續下去，以為這種平靜無波、恬淡無為的和平日子不會有結束的一天。

然而由結論而言，這不過是黃毛團兒天真無知的幻想罷了。

在「阿必」十三歲那一年。

邁入了成長期的「阿必」，仍舊為自己無甚成長的體格而煩惱。這一天，「阿必」與妹妹「阿心」偷偷跑上了父親工作的大漁船。他們的村子有個傳統規矩，男子得到二十歲過後才能乘船，而女子即便過了二十歲亦不可乘船；但「阿必」與「阿心」卻屢唱反調，偷跑上船。

這天並不是「阿必」與「阿心」頭一次犯禁上船，卻是他們兄妹頭一次一齊犯禁上船，同時也是兄妹倆最後一次一齊犯禁上船。

他們搭上的大漁船出了外海，遇上了海賊襲擊。

那海賊便是鎧海賊團，擁有名刀賊刀「鎧」，並於一百數十年前平安逃過了舊將軍討伐的日本海賊，連琉球人都聽過他們的名號。

從前他們乃是以瀨戶內海為根據地，後來移居至距離琉球國最近的日本領土——薩摩藩，已有好一段日子。

漁船雖大，卻只是尋常的漁船，自然無力與海賊抗衡，只能任人宰割。

「阿必」偷偷上船，並沒有任何目的。他並不是想早日學會漁夫的營生，不過是愛唱反調罷了。大人越是禁止，他越想嘗試；他只是享受犯禁的驚險與刺激而已。

妹妹「阿心」亦是如此。

然而他的頑皮卻受到了分外嚴厲的懲罰。大漁船上的漁夫被鎧海賊團搶走的不光是水、食糧與魚貨，還有性命。

只有「阿必」一人倖免於難。

「阿必」能活下來，並不是因為他洪福齊天，只是因為某個海賊一時轉念，饒他不死而已。「阿必」眼睜睜地看著海賊殘殺父親、妹妹與其他漁夫，卻只能躲在暗處發抖；此時，有個海賊發現了「阿必」，本欲揮刀殺害他，卻又半途停手，說道。

「對了，這麼一提，咱們還少了個打雜的。」

一時轉念。

那名海賊並不是什麼了不得的人物，只不過是鎧海賊團眾多船員中的一分子；然而卻因為他碰巧想起了此事，才讓「阿必」逃過一劫。

雖然只是個雜役，「阿必」的海賊生涯於焉展開了。

這段生涯是如何痛苦並不難想像。突然被帶往語言不通的異國船隻上，分不清東南西北，還得服侍殺害父親、妹妹與村民的仇人。

他無暇傷心或憎恨，只感到痛苦。

那是段痛苦不堪的日子。

他一直以為理所當然的物事，全在一瞬間被奪去，什麼也不剩。

即便如此，他還是該慶幸自己撿回了一條小命麼？

「去磨鎧甲！」

當了兩年雜役後，「阿必」於十五歲那年接到了這道命令。

不消說，鎧海賊團的象徵便是連舊將軍亦搶奪不成的賊刀「鎧」。然而賊刀是件高過七尺的大鎧，天下間沒幾個人能穿；此時的鎧海賊團亦然，上至船長下至船員無人能穿上這件鎧甲，只能將賊刀放在船上充當象徵性的裝飾品。

「阿必」受命打理這件鎧甲，可說是個光榮的大任。打了兩年雜，海賊似乎也對他生了幾分信任。然而當時的「阿必」並沒有這些感慨，只是乖乖地聽命行事，從不去想他所受的命令是何等命令。

只要變得麻木不仁，便不會感到痛苦。

「……………」

然而，當他見了賊刀「鎧」之時，卻為那銀色的刀身著迷。

那是「阿必」除了痛苦以外暌違已久的情感。

支配戰國亂世的四季崎記紀變體刀。非是人選擇刀，而是刀選擇人。

這便是四季崎記紀奉行的第一條哲學。

刀不選擇砍殺的對象，卻選擇主人。

便在此時，賊刀「鎧」選中了「阿必」。

說來不知算不算是證據——自從「阿必」受命打理賊刀「鎧」以來，他的身高便如青竹一般扶搖直上。原本總是為身材矮小而煩惱的「阿必」，不過短短三年，體格竟變得比海賊團的眾人還要高大。

活像是為了配合鎧甲的形狀而長大一般。

鎧海賊團雖以賊刀「鎧」為象徵，但連同舊將軍時代在內，歷代能穿上這件鎧甲的也不過兩、三人。

當時的船長很想見識活動的鎧甲，因此便乘著酒席上的興頭令道。

「阿必，你去穿上那件鎧甲讓我瞧瞧。」

說來也是合當有事。

「阿必」打了五年雜，海賊對他也生了幾分信任。

或許是對他有了情分，又或許是認為他穿了護甲也難有作為，便心生大意。

長年以來，海賊只把賊刀「鎧」當成是一件裝飾品，竟爾忘了——縱然呈鎧甲之形，賊刀畢竟是一把日本刀。

但「阿必」並未忘懷。

他決計不忘這些海賊便是自己的殺父及殺妹仇人！

「唔啊啊啊啊啊啊啊啊啊啊啊啊啊啊啊啊啊！」

他大吼大叫，穿著賊刀，見人便撞。

半刻鐘後，便將鎧海賊團殲滅殆盡。

眾海賊的下場就如五年前「阿必」搭上的那艘船一般，唯一不同之處便是「阿必」沒留下半個活口。

海賊校倉必。

說出來各位看倌可別驚訝——他頭一次搶的便是四季崎記紀的完成形變體刀。

刀不選擇砍殺的對象，卻選擇主人。

長年以來失去主人的賊刀「鎧」終於找到了配得上它的主子。

當然，即便殲滅了鎧海賊團，「阿必」依舊無處可去；縱使報了仇，也無法挽回被殺之人的性命。他當了太久的海賊，事到如今也沒臉回自己出生長大的村子。

無論「阿必」願不願意，他只能繼續幹海賊的營生；因此他便打著鎧海賊團的舊名，重新招兵買馬，自立為頭目。

他自稱為校倉必，並立誓從今而後絕不在人前脫下賊刀「鎧」。

新的鎧海賊團就此誕生。

至於在鎧海賊團原先的根據地濁音鎮設立圓形比武場大盆，則是後話了。

■■

校倉停步，對七花說道。

「我瞧你挺會逃的嘛！」

聽了這侮辱之言，七花無言以對；因為他的確只有東躲西逃，閃避校倉的衝撞而已。

否崩。

後如。

丸後如。

回處帶。

眠調。

老實說，看在七花眼裡，這些招數根本一模一樣，都是利用賊刀「鎧」的大小與重量來撞人；不過可以肯定的是，這些招數都具備一擊奪命的威力。

七花領了咎女手下留情之令，不過校倉顯然沒打算對七花放水。

咎女曾說七花對校倉而言是個阻礙。對於把燒殺擄掠當飯吃的海賊來說，七花便是個除之而後快的絆腳石。

七花固然只是一味閃躲，但他並非打不還手。他曾數次乘隙鑽進校倉的懷中，從虛刀流第四式「朝顏」變招為「柳綠花紅」，攻擊校倉。

然而他的攻擊完全無效。

穿甲招式對賊刀「鎧」不管用。

很遺憾，校倉所言似乎不假。七花不明白為何「柳綠花紅」無法奏效，不過即便他明白原因，在大盆這個處處受限的場地之上，也難有作為。

所以七花只能一味閃躲。

仔細一想，四季崎記紀以防守為重心而造了賊刀，自然會在上頭動些防範穿甲招式的手腳。

七花原以為宇練銀閣使的斬刀「鈍」號稱無堅不摧，或許能砍斷賊刀「鎧」；但照這麼看來，說不定這把刀連斬刀「鈍」都擋得住。

至於熱攻、水攻的防範之道，更是無庸贅言了。

銅牆鐵壁——天下無雙的防禦力！

「唔——」

「你光是東躲西逃也不是辦法，窩窩囊囊的像樣嗎？虛刀流掌門，別丟臉啦！一想到我的前一任保鏢居然這麼不濟事，真教我失望啊！就憑你這點兒三腳貓功夫也敢自稱日本第一高手，臉皮未免太厚了。我看你就做好覺悟，乖乖死在賊刀『鎧』之下吧！」

「覺悟……」

何謂覺悟？七花不明白。

七花只是一把刀，刀需要覺悟麼？

刀不需要情感。

……不過，或許校倉說的不錯。

穿甲無法奏效，七花已然無計可施；包含「柳綠花紅」在內的七式絕招及集七式絕招於大成的最後絕招「七花八裂」，還有虛刀流的其他各路招數，八成都對賊刀「鎧」不管用。即便運氣好奏了效，不是穿甲招式，便會傷及賊刀。賊刀毫無縫隙可攻，除了「柳綠花紅」以外，再也沒有不損及鎧甲而攻擊校倉的方法。而既然「柳綠花紅」不管用——

——七花便無計可施了。

所謂束手無策，便是這種情形。

再這麼下去，只能一再閃躲校倉的攻擊，直到筋疲力盡、無力閃躲，最後落得死無全屍的下場。

——既然如此，或許認輸也是個辦法……？

取勝是七花的差事，不過這場仗七花輸了也無妨。

七花輸了，他的主人咎女依舊能繼續集刀，不能繼續的只有七花而已，因為校倉將接下他的差事。若是校倉這把刀比七花鋒利，自然該由校倉取代七花。

與其胡亂還擊傷及賊刀「鎧」，不如——

不如乖乖地做好覺悟——

「蠢材！」

大盆柵欄之外突然響起一道斥責聲。

那聲音是從七花的背後傳來。七花回頭一看，只見奇策士咎女緊緊抓著柵欄，以前所未見的嚴厲表情瞪著七花。

「咎、咎女——」

「爾豈敢擅自認輸！我可沒允許爾這麼做！我是命令爾得勝，爾沒聽清楚麼，蠢材！」

——爾試著不殺校倉，也不令他身負重傷而取勝。

沒錯。

咎女教七花手下留情，但可沒說七花輸了也無妨。

他只許勝，不許敗。

「聽好了，七花！」

咎女高聲怒吼。

不光是七花，大盆之外圍觀的百姓全聽見了她這響徹四周的宏亮聲音。

「我可沒打算將自己的終身託付給一個不敢在心上人面前露臉的男人！和一個連溫泉也不能一起泡的男人旅行，有什麼意思？這種男人豈能信得過！」

「……咎女。」

「不過是一招不管用，又怎麼著！虛刀流的招式不能使又如何！爾沒有鎧甲，卻有鍛鍊了二十年的鐵打身子啊！」

咎女握拳把柵欄打得格格作響。

「若是爾真的愛我——便使盡全力保護我！」

咎女的舉止無異是自找死路。

圍觀於大盆之外的觀眾絕大多數都是校倉必的支持者，咎女周圍的人亦不例外，但她居然明目張膽地出言否定校倉；冰雪聰明的她，平時絕不會做出這等傻事。

不，咎女的奇策向來是嘔心瀝血、絞盡腦汁而成。

而她的奇策深深打動了七花的心。

「——謹遵成命。」

七花說道，擺出了起手式。

虛刀流第一式「鈴蘭」。

這是招誘敵進攻的起手式，對挺身衝撞的對手使用並無意義；不過七花的眼神與方才擺出這招起手式時截然不同，顯然自有打算。

「好險、好險，我差點兒忘了自己的單純啦！最近老想些有的沒的。不用大腦固然不成，但想太多了也不妙。」

「……………」

校倉默不作聲，七花則對他微微招手。

「進招吧！傷心人。雖然不是出於我所願，但我替你添的看頭已經夠多了吧？」

「……你別得意忘形。」

七花反客為主，出言挑釁，而校倉則悻悻回道。鎧甲遮住了校倉的表情，但七花明白校倉正瞪著自己及背後的咎女。校倉被咎女在眾人面前抹了一鼻子灰，顏面掃地，自然不甘示弱，說道。

「我是海賊，想要什麼便搶，可不管對方願不願意。誰敢阻擋，我便收拾了他。」

「你要搶儘管來搶，不過——」

七花冷靜地說道。

「那把賊刀是用來防守的吧？」

「………」

「有了得保護的物事，人就會變得更厲害。」

「……四季崎記紀打造的十二把完成形變體刀之一，賊刀『鎧』。鎧海賊團代代承傳的賊刀『鎧』專用絕招——」

校倉必沉下身子，微微前傾。

「……刀賊鷗！」

校倉踩著大盆裡的砂子，朝著七花全速進攻。這招看在七花眼裡，依舊與其他的衝撞招式全無二致，不過散發出來的氣勢卻有天壤之別。

巨大的銀塊直衝而來。

七花身後便是咎女，校倉來勢洶洶，活像是要把七花連柵欄之外的咎女一併壓扁一般。不，若是七花又向方才一樣閃躲，收勢不住的校倉必然會貫穿柵欄，將弱如紙門的咎女撞飛。

或許這才是校倉的目的。

「呼——」

無論是或不是，七花本無閃躲之意。

使盡全力。

沒錯，換作從前的七花，根本不會閃躲對手的衝撞。面對正面挑戰的對手，自然該正面迎擊！

縱然對手比自己人高馬大，那又如何！

「——喝啊啊啊啊啊啊啊啊啊啊啊啊啊啊啊啊啊！」

賊刀「鎧」是件處處嵌有刀刃的鎧甲。

是以七花不能以整個身子接招，須得避開刀刃，單憑臂力及腳力支撐校倉必的龐然身軀及賊刀「鎧」的重量。

七花在草原不過被胡亂逃竄的咎女一撞，便跌了個四腳朝天，他能擋住校倉麼？

「…………」

「什麼……！」

七花文風不動。

七花的雙掌牢牢抓住鎧甲的肩部及腹部，擋下了校倉必的衝撞；而七花的腳趾也緊緊地扣住了砂地。

空手入白刃——但這種胡打蠻纏的方法，又豈能算得上是招式？

「體格越是高大越為有利，但也不見得就比較厲害！」

方才七花與校倉游鬥多時，即便是校倉這樣的彪形大漢也難免疲累；不過能單用蠻力接下校倉的絕招，卻也不是疲累二字便能解釋。

七花一個提勁，抬起校倉必的巨大身軀。

臂力、握力，以及肌力！他將校倉必的身子高舉過頭，朝天抬起！

觀眾一片悄然。莫說要將校倉的身子當行李一般舉起，過去大盆比試中，從未有人能擋住校倉的衝撞；是以大盆的觀眾變得鴉雀無聲，亦是有史以來第一遭。人人皆是暗自吞了口口水，目不轉睛地看著大盆之內。

唯有咎女一人面露微笑，心滿意足地點頭。

「很好。」她的口吻顯得勝券在握。「爾太依賴虛刀流的武功了。二十年來，爾所習者便只有虛刀流的招式，也難怪爾如此；不過爾的本領絕不止於虛刀流的武功。即使不用那些雕蟲小技，光靠爾千錘百鍊的身體，亦能克敵制勝！」

「呀……喝啊啊啊啊啊啊啊啊啊！」七花如野獸一般咆哮，打斷了咎女的話語。他一面咆哮，一面抱著校倉必往後仰。

他這麼做，便是為了凝聚反作用力，將校倉的巨大身軀砸落地面。

縱使穿甲招數不管用，縱使熱攻、水攻難以奏效，縱使賊刀「鎧」的防禦力天下無雙，只要在鎧甲裡面的是人，便是個無可救藥的弱點。無論外側如何堅固，依然防不了內側所受的衝擊。

七花或許無法卸下校倉的鎧甲，卻能撼動其中的校倉。

從高處將鎧甲砸落地面，鎧中人決計不能安然無恙。

重量轉為速度，化為衝擊。

固若金湯的全身甲此時卻反過來成為凌遲校倉全身的凶器。

「唔……渾小子，哪有人使這種招數！這根本不是劍法！」

校倉已猜到七花的下一步，但他被高舉在半空中，無力抵抗，只能鼓動脣舌大罵七花。

為了成就賊刀天下無雙的防禦力，四季崎記紀在賊刀之上設下了諸多機關，防得了穿甲招數，防得了水攻與熱攻，甚至防得了斬刀「鈍」；然而，他卻沒料到竟有人能將賊刀「鎧」舉起！

所以校倉也只能破口大罵了。

「什麼劍客！什麼劍法！天下間哪有這種胡打蠻纏的劍法！」

「……我得向你道聲謝，校倉必。」

雖然勝負尚未分明，七花卻是滿臉豁然開朗之色。

「托你的福，我總算明白啦！我是虛刀流掌門，也是一把日本刀，但同時也是一個人。」

「…………！」

「不過，校倉，我還要說一句話。」

七花使盡吃奶的力氣，將校倉的身子砸向地面。

「別碰我的女人！」

一陣震耳欲聾的金屬聲響起，然而四季崎記紀的完成形變體刀果然非比尋常，從高處摔落竟能絲毫無損，只不過鎧中人可就不能安然無恙了。

校倉必未能起身。公證人見了眼前的狀況只覺得不敢置信，張口結舌，竟把自己在大盆的差事給擱下了，因此咎女便代他說道。

「——勝敗已定。」

終章

■

■

奪得變體刀後立即啟程，已經成了咎女二人的習慣。大盆比試後的隔天，咎女與七花便搭上了校倉必安排的帆船，一艘偌大的船便等於是讓他們倆給包下了。聽說只要天候不變差，三天便可抵達尾張。

不過這話並非校倉親口告訴他們。校倉於大盆敗在七花手下之後，便未再出現於咎女的眼前。

輕度腦震盪。

無須借助溫泉的療效，只要靜養一晚便能復原，但校倉卻未在咎女面前現身。咎女平心靜氣地想道，或許這便代表校倉無意再見自己。

賊刀「鎧」。

比武結束的當晚，校倉的兩名手下便把拆卸後的賊刀送了過來。咎女二人亦要回尾張，照理說把賊刀「鎧」一齊帶上船便成，但咎女還是按照老規矩，將刀打包寄回尾張。

「聽我們船長說——」

送賊刀「鎧」來客棧的兩名海賊也到濁音港去替咎女與七花送行，他們最後對咎女如此說道。

「——咎女姑娘長得很像他從前過世的妹妹。若是他妹妹還活著，年紀便和咎女姑娘差不多。」

聞言，咎女點了點頭。她這一點包含了何種情感，七花全然不明白。

今後濁音港、濁音鎮與鎧海賊團將會如何？七花又思考起這個問題。

因幡的下酷城將會如何？

出雲的三途神社將會如何？

就這一節上，巖流島的決鬥便無令七花牽掛之處。這回替濁音鎮留下了不少後患，對手是無法無天的海賊，大盆又是違法犯禁的賭場，幕府斷不會像敦賀迷彩那回一般給予任何補助。

失去了象徵物賊刀「鎧」，今後的鎧海賊團將會如何？而長久以來一直穿著鎧甲的校倉又將何去何從？

「船到橋頭自然直。」

咎女上了甲板，一面眺望寬闊的海洋，一面回答七花。

「其實我倒認為不會有任何變化。當然，這回的事或許讓校倉失了顏面，降低他的威信；不過就如同爾不用虛刀流武功亦是本領過人一般，校倉少了賊刀『鎧』仍是個高手，鎧海賊團在濁音鎮紮下的根也決計不會輕易枯萎，反倒是過去過於高漲的向心力得以沉澱，能讓鎧海賊團更加穩如泰山。」

「唔……是嗎？」

「倒是校倉必長久以來一直穿著賊刀『鎧』，如今要以真面目示人，恐怕需要一點兒膽量呢！」

「……咱們怎麼不看看他的廬山真面目再走啊？」

七花說道。

「只要再逗留幾天，總會看見他的。我可是很感興趣啊！不知道身長七尺以上的人生得如何模樣？」

「我可沒這麼殘酷，拒絕了他又給他希望。趁早離去，才是對傾心於我之人應有的禮節。」

「……妳先前要我手下留情，我還以為即便我勝了，賊刀到手之後，妳還是要請校倉幫忙集刀呢！」

「爾以為我是如此見異思遷的人麼？真教我難過。為愛所動的人確實信得過，但遺憾的是不能同時雇用好幾個。」

「唔？」

「校倉視爾為阻礙，對爾而言，校倉自然也是個阻礙。進行集刀大任之際，可不能發生無謂的爭執……別提這事了，七花，打了場不殺對手的生死鬥，感想如何？」

咎女轉向七花問道。

「啊……這個嘛……對上賊刀『鎧』，這道限制似乎沒什麼意義，不過感覺上還是綁手綁腳，一點兒也不像生死鬥。」

「…………」

咎女沉默片刻，才應了聲「是麼？」

咎女以決鬥後的人身安全為由，命七花勿傷校倉，其實這理由只是個幌子。她真正的目的是做實驗。

她要讓殺人不眨眼的七花學得教訓。七花並非不懂得如何手下留情，也很清楚殺人會有什麼後果；他欠缺的是覺悟。

是以咎女才要趁早讓七花體驗不可殺死對手的生死鬥。聽了七花的感想，可知實驗成果並不佳；然而無論成果如何，能在這兒得到光明正大的理由來進行實驗，總算是咎女走運。

「話說回來──」

咎女改變話題，以免七花猜出她的心思。

「碰上了真庭鳳凰，還真是倒了運。」

「咦？碰上他該算是走運吧？多虧了他，我和校倉交手之前才不用連勝三人，而且還得知了其他四季崎記紀之刀的下落。雖然不知道能信他幾分，可是他提出的協議也還不壞吧？」

「嗯，不過在真庭忍軍之中，真庭鳳凰是我最不想牽扯上的忍者。最可怕的是，這回碰上他不是偶然；他是專為了與我們談條件而來到薩摩，並非為了奪賊刀『鎧』而來……這代表這回和白鷺及食鮫時的情況不同，鳳凰可是將我們的動向摸得一清二楚。唉！既然真庭忍軍也在集刀，總有一天得和鳳凰碰頭……但一想到此事，還是令我心煩。更何況……」

更何況尾張城下暗潮洶湧，那個婆娘已經展開行動……

倘若此事屬實，可就不能因為奪回絕刀與薄刀而『急事緩辦』了。

「更何況？更何況妳已經知道『嗟了』是錯誤的用法了？」

「嗟了！」

被七花這麼一調侃，咎女又出了拳。

她已經決定將錯就錯了。

人之冥頑不靈，不過如此。

生就這種性子，也真是可悲。

「……說到這兒，爾怎麼會知道正確的說法是『嗟嗖』？」

「我聽我爹說的。只不過瞧妳說得自信滿滿，我還以為是我記錯了……」

「是麼……爾還有其他知情未報之事麼？」

「呃……有是有。」

「有？爾這小子真是不像話……好，都到這個關頭了，快給我一五一十地從實招來！」

咎女對七花這個老實人說這種話，著實失之輕率。

七花便在此時此地，把姊姊鑢七實交代務得保密之事給說了出來；而這些事可不是揭破了亦無妨的小事。

「虛刀流前任掌門鑢六枝——也就是我爹，是我親手殺死的。」

「……咦？」

「還有我知道妳爹便是先前大亂的主謀——奧州地頭蛇飛驒鷹比等，也知道殺了他的便是我爹。」

■

■

校倉必回敬了咎女一記回馬槍。

其實校倉安排的船並非駛往尾張，而是花上了半個月繞過日本海，駛向天寒地凍的蝦夷。

防禦力不遜於賊刀「鎧」的鑢七花在對上雙刀「鎚」之際，總算是負了集刀以來的第一道傷痕。

（賊刀・鎧——得手）
（第五話——完）
（第六話待續）

校倉必

年齡	三十八
職業	海賊
所屬	鎧海賊團
身分	船長
所有刀	賊刀『鎧』
身長	七尺五寸
體重	兩百四十六斤十二兩
興趣	釣魚

必殺技一覽

否崩	⇦（聚）⇨突
後如	⇦（聚）⇨突
丸後如	⇦（聚）⇨突
回處帶	⇦（聚）⇨突
眠調	⇦（聚）⇨突
刀賊鷗	⇦（聚）⇨突

下回預告

交戰對手	凍空粉雪
蒐集對象	雙刀・鎚
決戰舞臺	蝦夷・踊山

後記

套句司空慣見的老套說法，這世上有種玩意兒叫做「惡的魅力」，有時甚至比「正義的魅力」還要吸引人。有些漫畫與小說並非採浪人（picaresque）題材，但壞人角色居然比主角還要受歡迎；而有些作品之中，代表作者主張的顯然不是主角，卻是壞人。追本溯源，何謂「惡」？要探討這個問題，可不是區區兩頁文章便能道盡；縱使我再怎麼長篇大論，鐵定也只能說出破綻百出的歪理，所以還是留待下次的機會再行探討。不過用個比較概略且隨興一點的假設，我認為所謂的惡便是「自己以外」的事物。有人以「違反常規」及「造成他人困擾」為惡的定義，但從「魅力」觀點來看，「敢做自己不敢做的事」、「敢說自己不敢說的話」才是惡。所謂的魅力，便是讓人覺得不同凡響；而當有人做著自己未曾去做的事（不管那些事自己想不想做，以及價值觀與倫理觀如何），便會忍不住「欣羨」，覺得對方看來極有魅力。然而魅力其實是無力，縱使不是種錯覺，也是種幻覺。價值觀不同，不過是生長環境不同所致，其實沒什麼好欣羨的。我們認為對方是「惡」，但對方或許也認為我們是

「惡」，而暗自羨慕呢！這種欣羨別人、覺得別有極具魅力的心情倒轉過來便是憎恨，並會形成否定他人的理由，所以倫理觀與道德觀才會獨立於這種社會性之外。說歸說，壞人便是壞人，壞事便是壞事，我們絕不能以為自己的所作所為都是正義。

預定十二回結束的刀語總算到了第五回。這次的舞台是九州的薩摩，即是現在的鹿兒島縣一帶。我常以九州為小說的舞台，主要便是因為我非常喜愛九州這塊土地；當初剛開始撰寫刀語時，甚至想過要寫兩回九州的故事（薩摩篇與長崎篇），然而就故事發展上無法如願，只得把兩回的熱情全凝聚於這回的故事之中。這個臨時起意的故事終於也邁入中段，漸漸看得清前程了。至少宇宙篇不會出現了……身為作者的我，可說是放下了心頭上的一塊大石頭。插畫家竹所繪的真庭忍軍實在太棒了，令我的執筆意願劇增。下一回，刀語的故事便到了中間點，敬請期待「第六回　雙刀・鎚」！……取了個這麼威風的名字，假如只是普通的兩把刀反而驚人啊！您說是不？

如此這般，還剩七回。

西尾維新

本書乃應十二個月連續刊行企畫『大河小說 2007』所寫下之作品。

浮文字

刀語　第五話　賊刀・鎧

（原名：刀語　第五話　賊刀・鎧）

作者／西尾維新　插畫／take　譯者／王靜怡
執行長／陳君平　榮譽發行人／黃鎮隆
協理／洪琇菁　國際版權／黃令歡
執行編輯／呂尚燁　美術編輯／李政儀
企劃宣傳／洪國瑋
發行／英屬蓋曼群島商家庭傳媒股份有限公司城邦分公司　尖端出版
台北市中山區民生東路二段一四一號十樓
電話：（〇二）二五〇〇—七六〇〇（代表號）
傳真：（〇二）二五〇〇—一九七九
中部以北經銷（含宜花東）／楨彥有限公司
電話：（〇二）八九一九—三三六九
傳真：（〇二）八九一四—五五二四
雲嘉經銷／智豐圖書股份有限公司　嘉義公司
電話：（〇五）二三三—三八五二
傳真：（〇五）二三三—三八六三
南部經銷／智豐圖書股份有限公司　高雄公司
電話：（〇七）三七三—〇〇七九
傳真：（〇七）三七三—〇〇八七
一代匯集／香港九龍旺角塘尾道六十四號龍駒企業大廈十樓B&D室
電話：（八五二）二七八三—八一〇二
傳真：（八五二）二七八二—一五二九
馬新經銷／城邦（馬新）出版集團　Cite(M)Sdn.Bhd.
E-mail：Cite@cite.com.my
法律顧問／王子文律師　元禾法律事務所
北市羅斯福路三段三十七號十五樓
二〇二二年九月二版一刷

■中文版■

郵購注意事項：
1. 填妥劃撥單資料：帳號：50003021戶名：英屬蓋曼群島商家庭傳媒（股）公司城邦分公司。2. 通信欄內註明訂購書名與冊數。3. 劃撥金額低於500元，請加附掛號郵資50元。如劃撥日起 10～14日，仍未收到書時，請洽劃撥組。劃撥專線TEL：(03) 312-4212 ・ FAX：(03) 322-4621。E-mail：marketing@spp.com.tw

國家圖書館出版品預行編目資料

刀語 / 西尾維新 著 ; 王靜怡譯.-- 2版.
--臺北市：尖端出版, 2022.09
面 ; 公分.--(浮文字)
譯自:**刀語**
ISBN 978-626-338-406-4 (第1冊 : 平裝)
ISBN 978-626-338-407-1 (第2冊 : 平裝)
ISBN 978-626-338-408-8 (第3冊 : 平裝)
ISBN 978-626-338-409-5 (第4冊 : 平裝)
ISBN 978-626-338-410-1 (第5冊 : 平裝)
ISBN 978-626-338-411-8 (第6冊 : 平裝)
ISBN 978-626-338-412-5 (第7冊 : 平裝)
ISBN 978-626-338-413-2 (第8冊 : 平裝)
ISBN 978-626-338-414-9 (第9冊 : 平裝)
ISBN 978-626-338-415-6 (第10冊 : 平裝)
ISBN 978-626-338-416-3 (第11冊 : 平裝)
ISBN 978-626-338-417-0 (第12冊 : 平裝)

861.57 111012170